「もしやってみて不快だったら、
僕に無理強いされたと主張していい。
このネクタイが、証拠になるだろう」
呂律は限りなく怪しいが、
透の言葉は極めて理論的、しかし横暴そのものだ。

Illustration／SAKAE KUSAMA

プラチナ文庫

Platinum Label

きみのハートに効くサプリ

槌野道流

"Kimi no Heart ni Kiku Supplement"

presented by Michiru Fushino

プランタン出版

イラスト／草間さかえ

目　次

※本作品の内容はすべてフィクションです。

一章　敏感な舌

「……どいつもこいつも生姜《しょうが》、生姜と。そんなに生姜が好きなら、生姜と結婚すればいい」

苛《いら》ついた声でそう吐き捨てた加島透《かしまとおる》は、指の間に挟んだボールペンをせっかちに揺らし、先端で机の天板を叩《たた》いた。

耳障りな乾いた音に、背後の席で実験結果をノートパソコンに打ち込んでいた同僚の梅《うめ》枝敏之《がえとしゆき》が、「おいおい」と嫌そうに眉《まゆ》をひそめて振り返る。

「さっきから、江戸《えど》の火消しみたいにカンカン音立てやがって。しかもガキみたいなこと言ってるし。色んな意味でうるせえぞ、加島。生姜が何だって？」

うるさいと言われて初めて、自分の行為に気付いたらしい。透は少し決まり悪そうに、それでもボールペンを人差し指と中指の間に挟んだままで答えた。

「すまん。……だが、どうにも頭に来てな」

「何がだよ。生姜が何か関係あんのか？」

「身体を中から温める、というフレーズを耳にすると、誰もがすぐに生姜を持ち出すんだ。

まったくもって不愉快極まりない」

吐き捨てるようにそう言い、透は椅子《いす》を回転させ、身体ごと梅枝のほうを向いた。

常にきっちり前ボタンを留めているパリッとした白衣。その襟《えり》からは、ライトブルーのワイシャツと細身のネクタイが覗《のぞ》いている。

営業職はともかく、彼ら研究職は服装の規定が特にない。それ故に、近所のコンビニに行くような服装で出社する者も多い。だが透は、毎日律儀にスーツで通勤してくる数少ない研究者のひとりだ。

長身というわけではないが、スラリとした手足の長い身体つきをした透は、まさに「知的・清潔」という言葉から連想されるすべての要素を兼ね備えた男である。

ほっそりした繊細な輪郭、本人いわく、微妙な癖毛なので毎月カットしてこざっぱり整えた髪、さりげなく凝ったデザインのチタンフレームの眼鏡、その下にある冷ややかな双《そう》眸《ぼう》。鼻筋はすっきり通り、薄い唇は一日の大半、真っ直《ます》ぐ引き結ばれている。

その涼やかで端整な容貌《ようぼう》は、ただ黙って立っているだけで人目を引く。同じ職場だけでなく、近隣のオフィスの女子社員たちにも人気があるらしいが、当人はそんなことを気にする様子もない。

冷静沈着に見えて、実は意外にそそっかしく短気な一面もあるのだが、そんな彼の本性を知っているのは、ここでは梅枝くらいだ。

仕事とプライベートの間に厳しすぎるほどきっぱりした線を引く透なので、職場で余計なことは一切喋《しゃべ》らない。こうして愚痴《ぐち》をこぼすのも、オフィスに梅枝と二人きりなのを確かめた上でのことだろう。

透が愚痴を聞いてほしがっているのだと察して、梅枝は入力作業を諦《あきら》め、自分も椅子を透のほうに向けた。

「何だよ、それ、朝イチでお前が出てた企画会議の話か？　『身体を中から温める』ってのは？」

その問いかけに、透は手の中でボールペンを弄《もてあそ》びながら答えた。

「皮下脂肪の燃焼を助けるサプリの研究が一区切りついた。その結果を開発の連中に渡して、先週から新しい仕事に取りかかっているんだ」

「なるほど。で、今回、上から頂戴《ちょうだい》したありがたい課題が、『身体を中から温めるアイテム』ってわけか」

「そういうことだ」

透は深い縦皺《たてじわ》を眉間《みけん》に刻んだ。

現在、三十一歳の透と梅枝は、中堅製薬会社、カリノ製薬の社員である。

中堅といっても、それなりに組織は細分化されている。研究・開発部門と生産部門、そして営業部門やカスタマーサービス部門でそれぞれ別に社屋を構えているので、各職場はさほど大規模ではない。

同期である二人は、入社時のオリエンテーション合宿で知り合い、両極端の性格がかえって幸いして親しくなった。

半年間の研修期間、共にあちらこちらの部署を巡って過ごした後、透は医薬研究本部、梅枝はサプリメント研究開発部に配属された。

職場が離れ、そこで縁が切れるかと思いきや、それからもたまに飲みに行く程度のつきあいは続いた。むしろ業務内容がまったく異なっているのが、かえってお互い気楽だったのかもしれない。

そして一昨年、透が梅枝と同じ部署に異動してからは、二人は担当業務こそ違うものの、同じオフィスで過ごしている。

梅枝自身は、入社当時から立身出世にはあまり興味がない。首が飛ばない程度の実績を上げ、給料分に少し色をつける程度の残業をする。それが彼のポリシーだ。

梅枝が重きを置くのは、私生活である。

それが飲み会であれ合コンであれデートであれ、あるいはひとりで過ごす時間であれ、とにかく自分がやりたいことを不自由なくできる境遇に己を置くために仕事をし、金を稼ぐ。そういうスタンスで、彼はこれまでやってきた。

一方、透は、そんな梅枝とは対照的な生活をしている。

以前、医薬研究本部にいた頃、彼は抗がん剤を開発するプロジェクトチームに所属しており、若手ながらかなりの成果を上げていたらしい。

当時は、守衛よりも長く職場にいる……とからかわれるほど、透は仕事にのめり込んでいた。

梅枝が強引に誘えば、ごくたまに飲み会や合コンにも顔を出したが、ほとんど酒は飲まず、「義理で来た」と宣言するかのように、必ず一次会で姿を消した。帰りにはきまって職場に戻り、深夜、場合によっては翌朝まで実験の続きをしていたようだ。

まさに絵に描いたような仕事人間で、余計なことは喋らず黙々と働き、職場の人間にプライベートは一切見せない。それが透だった。

医薬研究本部で将来を嘱望されていたという透が、何故突然、充実していたはずの仕事をすべて投げ捨て、サプリメント研究開発部に異動の希望を出したのか……。

噂は色々聞くが、梅枝はそれらが本当かどうか、本人に問い質《ただ》したことはない。

他人の個人的事情には興味がないし、透が自分から話したがるなら聞くが、そうでなければわざわざ詮索《せんさく》しようなどとは思わないからだ。

土足で心に踏み込むような真似《まね》をすれば、透はたちまち梅枝を拒絶し、他の人間に対するときのように、よそよそしく距離を置き始めるだろう。そう危惧《きぐ》させるようなどこか息苦しい空気を、今の透は纏《まと》っている。

（入社時から愛想はなかったし、もとから頑固な奴だったけど……。最近、余計にそれが酷《ひど》くなってる気がするな。知り合った頃っつか、ここに来る前くらいまでは、もうちょっと取っつきやすいとこもあった気がするんだが。……ま、いっか。俺には関係ないことだし）

自分に害が及ばない限り、たいていのことは「ま、いっか」で受け流す梅枝である。そんな彼だからこそ、他の同僚とは馴《な》れ合わない透も、安心して良好な関係を保ち続けていられるのだろう。

「なるほど。今、生姜は大流行だもんな。実際、熱いくらい身体が温まるし。俺も肌寒い朝なんか、駅で電車待ってる間にときどき買うぜ。ほら、自販機にあるだろ。缶入りホットの生姜紅茶」

梅枝のお気楽な発言に、透はいかにも嫌そうに、だが少し興味を惹《ひ》かれた様子で訊《たず》ねた。

「缶入りの生姜紅茶？　どんなものだ？　旨《うま》いのか、それは」

「甘い」

「そんなことはどうでもいい」

「わかってる。味だろ？　んー、ほら、いわゆるインド料理屋で出てくるチャイみたいなもんだよ。ミルクが入ってて、濃くて、熱くて、ハッピーな飲み物だ。生姜の辛みで、身体が温まるだけじゃなく、ぱっちり目も覚めるっておまけつき」

「……ほう。かなり刺激が強いようだな」

透はきつい目にようやく不機嫌以外の感情……好奇心の色を滲《にじ》ませる。梅枝は、おどけた仕草で舌を出してみせた。

「結構なもんだ。舌先がピリピリするくらい、盛大に生姜をぶちこんでやがる。だからこそ、効きそうな気がするんだよ。……って、そういやお前、今回の『身体を温めるアイテム』、何にするつもりなんだ？　やっぱ食品？」

透は難しい顔でかぶりを振る。

「いや、食品ではなく、サプリメントが適当だろうと考えている」

「へえ。けど、どっちかってえと、食品のほうが楽じゃね？　いくらお前が嫌がっても、身体を温めるには、どのみち生姜は不可欠だろ？」

梅枝の素朴な疑問に、透は苦笑いした。顔の造作が左右対称に近いせいか、あるいはあまり表情が大きく動かないせいか、普段はどこか彫像めいて見える透だが、口元を歪《ゆが》めた途端、その表情が人間臭くなる。

「別に、生姜自体を嫌っているわけじゃない。だが、生姜を配合したドリンクやフリーズドライ食品は、すでに一昨年の秋から、N社が販売を始めている。それがここに来て大ブレイクだ」

「……ふむ。今年は十月の末あたりから、急に朝晩冷え込むようになったからな。そういやうちの社の女子連中もよく昼に食ってるわ、N社の生姜入り味噌汁《みそしる》」

「もう、追随するには遅すぎる。今さら、うちが生姜をメインに据えた商品を開発しても、意味がないだろう。今、お前が時々買うと言った生姜紅茶とやらも、確かN社の製品だぞ」

「あー。そうだった、そうだった。いくら何でも、出遅れ過ぎか。だよなあ、N社の生姜戦略すげえ上手いもんな。今や、生姜の専売公社だ。逆を返せば、生姜さえ入れときゃいいんだから、開発費用も材料費もさしてかからねえしな。あそこの経営陣はウハウハだろうよ。羨《うらや》ましいこった」

梅枝はN社のテレビCMソングをワンフレーズ口ずさみ、可笑《おか》しそうに肩を揺すった。

そんな気楽を絵に描いたような梅枝の顔を、透は顰《しか》めっ面で睨《にら》む。

「おい、職場で他社の歌を歌うなよ」

「はは、今はお前しかいないんだから、気にすんな。つか、上手い戦略だよなあ。あんだけCM中、ずっと生姜を連呼してりゃ、嫌でも気になるってもんだ。しかも、あのCMソング、歌ってんのは社員だろ？　安上がりな上、なまじヘタクソだから、余計印象に残って覚えちまうんだよ」

「確かに、あそこの販売戦略が巧みであることは認めるが。だからといって、我が社の上層部まで、『身体を温めるといえばアレだろう、君、生姜だね！』は、いくら冗談交じりでもないものだ」

「ありゃま。けど、テレビを見る度にあの生姜ソングを聴かされりゃ無理もねえって」

「かもしれんが。これから突貫作業でアイデアをまとめなくてはならないこっちの立場にもなってほしい。N社を連想させないように、まったく趣《おもむき》の違う商品を考え出さなくてはならないんだぞ」

呻《うめ》くように言い、透は眼鏡を掛けたまま、指先で眉間を押さえた。男性にしては指の長い綺麗《きれい》な手をしているので、そんな仕草が妙に美しく見える。清潔を最優先して、透は手指の爪《つめ》を先端の白い部分が見えないほど短く切ってしまうのだが、爪自体が大きくて形がいいので、決して無骨には見えない。

その手を賞賛の眼差《まなざ》しで眺めつつ、梅枝は眉をひそめた。

「突貫作業？　まあ、確かに次の冬には商品化ってことになると、店頭に並べるまでの全工程で一年弱か。時間が有り余るってことはないだろうが、突貫作業は大袈裟《おおげさ》だぜ？」

「大袈裟じゃない。本当に時間がないんだ。上の狙いは、『夏の冷え性対策』だよ、梅枝。冬の寒さ対策じゃない。今は十一月だから、お前の言う『全工程』はたったの半年強だ。まったく、上層部の人間というのは、思いつきで無茶ばかり言うのが仕事だな」

透の説明に、梅枝はようやく合点がいった様子でポンと手を打った。

「お、なるほど！　そりゃなかなかいい狙い目だな。夏の冷え性ね。うちの受付嬢たちも、よく冷房で腰が冷えてかなわないって嘆いてるもんな」

透はようやく苛立ちが収まってきたらしく、ボールペンを机に戻して頷《うなず》いた。

「そうだ。ターゲットは女子大生や、オフィスで働く若い女性たちだそうだ。いわゆる低体温が問題になりがちな世代だな。若い女性といえば、お前の得意分野だろう。だから、お前の意見を是非とも聞きたい。何かいいアイデアはないか？」

「おいおい。人を稀代《きだい》の女好きみたいに言うな」

「違うのか？　お前は昔から随分、女性と知り合う機会には貪欲《どんよく》だと思うが」

真面目な顔で訝《いぶか》しむ透に、梅枝は胸を張り、堂々と言い返す。

「違うね。俺はいい女といい男、両方を評価できるんだぜ。女専門だと思ってもらっちゃ困る」

「……それが、そんなに大声で誇るようなことかどうか僕にはわからんが。とにかく、今は女性に関する話だ。お前の性癖はどうでもいい」

透は困惑気味に言い返し、片手で前髪を撫《な》でつけた。そのいかにも神経質そうな仕草に、梅枝は笑みを引っ込め、少し真面目に訊ねた。

「そうだな。実際んとこ、開発に回すまで、どのくらい時間がありそうなんだ？」

「最長でも二ヶ月、といったところだろう。できるだけ、具体的な商品開発に時間を残してやりたいから」

「そりゃ本気でタイトだな」

「かなり。だが、やれないこともないはずだ。新薬と違って、命にかかわるものを作るわけじゃない。身体に害を与えず、有益と思われるものを組み合わせて提供するのがサプリメントだ。言うなれば、実益二割、気休め八割でいいんだからな」

「……おい。お前こそ、そういうことをハキハキ言うな」

「別に構わないだろう。真実だし、ここにはお前しかいないんだし」

数分前の梅枝の言葉をさらりと引用し、透は片眉を上げてみせた。

医薬研究本部では、新薬開発は大がかりなプロジェクトチームを組んで行われる。研究が煩雑で長期にわたることもあり、それ以外の方法は考えられない。その代わり、世に出た薬品は、余程のことがない限り長く流通し、会社に利益をもたらし続けてくれる。

だがサプリメント研究開発部の場合は、かなり事情が違っている。

トレンドに乗った、あるいはトレンドを先取りした製品をコンスタントに発売し続けるため、優先されるのはアイデアとスピードである。

研究者に求められているのは、とにかく新製品の「芽」となるデータを大量に出し続けることで、それを上層部が選別し、使えそうなものを開発チームへと送り出す。開発チームは、研究結果を具体的な商品の形にまとめ、宣伝・営業チームがそれを売り出す……という寸法である。

まるでスナック菓子やインスタントラーメンのように、サプリメントや健康食品は星の数ほど発売され、多くは流れ星のごとく儚《はかな》く消えていく宿命なのだ。

そんな業務内容に従い、開発チーム、それを売り出す宣伝チームは、それぞれ十数人からなっているが、研究部門では、それぞれの研究者が個々に、あるいはせいぜい数人単位で、同時に多くの仕事を進めることが多い。

サプリメント研究開発部に配属されて以来、透はずっと誰とも組まずに仕事をしている。たまには誰かと一緒にやったほうが楽しいだろうと、梅枝は自分が同僚と共に進めていた研究に透を誘ったことがある。だが透は、自分のペースでこつこつと研究を進めるのが性に合っていると即座に突っぱねた。

その、普段の彼らしくない感情的で邪険な言いように、梅枝は平静を装いつつも驚いた。それはマイペースぶりを主張しているというより、どこか他人との繋《つな》がりに怯《おび》えているように感じられ、そっぽを向いた透の横顔は酷く痛々しく見えた。

何故かはわからないが、透にそんな辛そうな表情をさせたことを後悔した梅枝は、それきり彼を誘ったことはない。

「そうだなあ……」

こうして透に助言を求められるというのも滅多にないことなので、梅枝は長い脚を組み、彼にしては真面目に考えながら口を開いた。

「身体を中から温めるために使われるのは、漢方かスパイスかハーブか……。うちの守備範囲から考えて、そんなとこだろ」

透も真剣な面持ちで相づちを打つ。

「そうだな。この前の脂肪を燃焼させるサプリは漢方主体だったから、そのとき仕入れた知識をそのまま生かせるだろうという思惑で、上は今回の仕事を僕に振ったらしい」

「あー、なるほど。漢方の勉強を一から始めてたんじゃ、とても期限に間に合わねえもんな」

「そういうことだ。だが僕としては、今回は漢方に重きを置かないほうがいいと考えている」

透の言葉に、梅枝は面白そうに小首を傾《かし》げる。

「へえ？　そりゃまた何で」

「確かに、中高年には漢方という言葉が魅力的に響くだろう。医者にかかって漢方薬を処方してもらうのは面倒くさくて気が進まないが、薬局で気軽に買えるなら試してみたくなる。しかも漢方成分配合を謳《うた》う商品にはそこそこの値段がついているから、効力がありそうにも思える」

「……お前、いちいちうちの社が軽い詐欺《さぎ》でもやってるような言い方をするな」

「別に他意はない。本当のことだ。漢方成分を配合するとどうしても原価が嵩《かさ》むから、売価も高くなる。効果のあるなしについても、個人差をなくすことはできない。効く人がいれば、効かない人もいるのはどうしようもない。医薬品と違って、サプリメントには副作用が出るほどの薬効を持たせるわけにはいかないんだから」

「……へいへい。正直すぎるご意見ありがとさん。で？」

梅枝に先を促され、透は言葉を継いだ。

「だが、若い女性は、日常的に使うサプリに多額の出費を強いられるのは嫌だろう。気軽に試せる程度の価格帯で、しかも興味をそそられる成分が使われている……それが理想だと思う」

「ふむ。で、興味をそそられる成分が何か、俺のアドバイス求む！　ってところか」

「ああ」

梅枝は、ウエーブのかかった髪を撫でつけながら言った。

「さっき挙げた成分の中じゃ、スパイスとハーブが残ったわけだ。でもって、そのあたり、若い女の子にはけっこう向いてるんじゃね？」

「そうなのか？」

梅枝は常識を語るような調子で、人差し指を立てた。

「そりゃそうだ。薬効があって、しかも自然の素材だから、安心だろう。最近じゃ、健康に気を遣う若い子ほど、ケミカルを嫌う風潮があるからな」

「安心？　ハーブとスパイスだから安全とは限らんぞ。残留農薬や、処理に使われる化学物質は侮《あなど》れない量であることも……」

「だーかーらー！　そこをより安全に近づけてきゃ、もっと魅力的になるし、エクストラの金も取れるってことだろうがよ。ナチュラルとかオーガニックとか、そういう言葉が女の子たちは大好きだぜ？　ああいや、最近じゃ男も好きかもだ。今や、美容と健康は、女子だけの関心事じゃねえからな」

透はゲンナリした様子で溜《た》め息をつく。

「……陳腐《ちんぷ》だな」

「陳腐でも、そういうもんなんだよ。そっちにターゲットを絞るのが、俺的にはオススメだな」

「……ふむ。漢方もハーブもスパイスも、学問的には同じエリアだ。そもそもハーブとスパイスはほぼ同じものだしな」

「そういうこと。ついでに、どこまでこだわるかにもよるけど、基本的に原料も漢方よか、ハーブとスパイスのほうが安上がりだろ」

「なるほど。やはりお前に訊《き》いてよかった。貴重な助言だ」

透は満足げに頷いた。これからの指針がだいたい定まり、さっきまでの不機嫌はかなり薄らいだようだ。

ピピッ、ピピッ……。

二人の会話が一段落するのを待ち構えていたような絶妙のタイミングで、梅枝の胸ポケットから電子音が聞こえた。

梅枝がつまみ出したのは、ダックスフンドの形をした可愛らしいキッチンタイマーである。

製薬会社の研究職とはいえ、持ち物のすべてが専門的な器具というわけではなく、小物に関しては一般に流通しているもので間に合わせることが意外に多い。タイマーなどは、その典型だ。

「お、お風呂からサンプルちゃんたちを引き上げる時間だわ。俺、今日はパン買ってあんだけど、お前は？」

透は机にボールペンを置き、立ち上がった。

「僕は手ぶらだ。外で何か買ってこよう」

「そっか。じゃあ、後でな」

梅枝が実験室へと去ったので、透は白衣を脱ぎ、椅子の背に引っかけてあった薄手のコートに袖《そで》を通した。数年前、仕事でイギリスに出張したときに購入したものだ。

トラディショナルな型の、丈夫なオイルクロスで仕立てられているそのコートは、流行に無関係のシンプルなデザインと上質な素材という透の嗜好《しこう》にぴったり合っている。

エントランスから外に出た瞬間、透は小さく震えた。

まだ本格的な寒波は到来していないとはいえ、強く吹きつける風は紛れもない初冬のそれだ。無精をしてマフラーを置いてきた自分の愚かさを呪《のろ》いつつ、透は周囲を見回した。

研究所は駅からかなり離れているので、めぼしい飲食店が周りにない。頼りになるのは近所に一軒だけあるコンビニと、昼時になるとどこからともなく現れる移動販売車である。

カリノ製薬の筋向かいは広い公園になっていて、その駐車場に食べ物の移動販売車がズラリと並ぶのだ。

値段が手頃で、それぞれ工夫を凝らした食べ物を売っているので、カリノ製薬の社員だけでなく、近隣で働く人々にも人気がある。昼時の駐車場は、どこか縁日めいて華やいだ雰囲気を醸し出していた。

（あそこで日替わり弁当でも買うか）

よく弁当を買う赤い車を探して歩いていた透は、ふと、見慣れない自動車に気付いた。

今どき滅多に見ない、フォルクスワーゲンのワゴン車だ。水色の車体と、ころんとした独特のフォルムのせいで、嫌でも目を引く。

車体を改造して、サイドの窓を広く跳ね上げられるようにしてあり、そこに木製のカウンターが設《しつら》えられている。おそらく車内に電源を置き、簡単な調理や保温ができるようにしてあるのだろう。

「……初めて見るな」

興味を惹かれ、透はそのワゴン車に足を向けた。近づくにつれ、ふわりと独特の香りが鼻をくすぐる。間違いようのない、スパイスの匂《にお》いだ。

どうやらそのワゴン車で販売しているのは、カレーであるらしい。

「カレーか。いいな」

透は小さな声で呟《つぶや》いた。

さんざん不平を言いつつも、仕事熱心な透である。頭の中は、もう「身体を中から温めるアイテム」のことでいっぱいなのだ。

これからスパイスやハーブについて猛勉強しなくてはと思っていたところだったので、スパイスを何十種類も使って作るカレーをランチにするというのは、いかにも今日の自分にふさわしい。透はそう考えた。

ワゴン車の中では、若い男がひとり、客待ちをしていた。

浅黒い健康的な肌をしていて、やや長めの黒々したザンバラ髪に、白いタオルを巻いている。

ぱっと見は地味な感じだが、顔の造作は整っていた。際だって自己主張の強いパーツはなくても、すべてが形よく、絶妙のバランスで配置されている。意志の強さと優しさを同時に感じさせる、不思議な印象の顔立ちだった。

「いらっしゃい」

透が近づいていくと、車の中で暇そうにしていた青年は、容貌から透が予想していたよりいささか低い声でそう言い、スツールから立ち上がった。

ずいぶんと長身なのだろう、車内ではまっすぐ立つことができないらしい。やや猫背気味に、彼は透に笑みを見せた。開けっぴろげなのにどこか繊細そうな、不思議な笑顔だった。

「あ……ああ。ええと、初めてだからよくわからないんだが、ここは……」

透はカウンターの上に視線を彷徨《さまよ》わせた。この手の移動販売車の場合、たいていカウンターに商品を並べるか、お品書きを置いてあるものだ。だが、白木のカウンターの上には、見事なまでに何もない。

透の戸惑いを見て取り、青年は申し訳なさそうに言った。

「すいません、うち、メニューないんです。毎日、カレー一種類っきゃないもんで」

「……ああ。日替わりのみというわけか」

「日替わりってか、あるもの使うカレーってか、まあそんな感じです。それでもいいっすか？」

（あるもの使うカレー……？）

不思議、かつ若干怪しげに思いつつも、ここまで来て「やっぱりいい」と引き返すのも気が引ける。透は青年の背後に置かれた寸胴鍋《ずんどうなべ》を見やり、訊ねてみた。

「ちなみに今日は？」

「今日は、牛肉と大根のカレーです。たまたまあったんで、椎茸《しいたけ》も入ってます」

（……たまたまあった？）

家庭の主婦ならともかく、たとえ店舗を持たずとも、歴とした商売をやっている人間が、「たまたまあった」材料でカレーを作るものなのだろうか……。

どこか心に引っかかるものを感じつつも、透は「では、それを」と言ってみた。とりあえず食べてみて、まずかったら二度と来なければいいだけの話だ。

「ありがとうございます。ご飯は普通盛りでいいですか？」

「普通より、若干控えめに」

「わかりました。福神漬けとラッキョウとピクルスは？」

「仕事中だから、ラッキョウは困る」

「了解です。では他の二種類を多めで」

青年は発泡スチロールの容器を取り出すと、妙に楽しげに炊飯器を開けてご飯をよそい、パラパラときつね色のフライドオニオンを振りかけると、サイドにピクルスと福神漬けをたっぷり添えた。

それから寸胴鍋の蓋《ふた》を取り、大きなおたまで気前よくカレーをすくって別の小さな容器に盛りつける。

パチンと小気味いい音を立てて蓋を閉め、二つの容器にスプーンを添えてビニール袋へ入れようとした青年に、透は声を掛けた。

「スプーンは要らない」

「ありがとうございます。……ええと、加島さん？」

「！」

ビニール袋を透に差し出しながら、青年はいきなり透の名を呼んだ。ギクッとした透だが、すぐに青年がＩＤカードを見たのだと気付いた。

オフィスを出るときに白衣は脱いだものの、既にハーブとスパイスのことを考え始めていた彼は、首から掛けたＩＤカードのことを失念していたのだ。今さら外したり裏返したりしても意味がないので、透は少し気まずげに無言で袋を受け取った。

青年のほうは、罪のない笑顔で言った。

「どうせなら、名前を呼んでお礼を言えたほうが俺が気持ちよかったんで。でも、失礼だったんならすみませんでした」

「あ……いや」

言葉に詰まる透に、青年は愛想良く言葉を継いだ。

「俺、ここに来るようになったのは一昨日からなんです。当分、平日の昼は毎日来る予定なんで、気に入ったらまた寄ってください。あ、蓋はしっかり閉めてますけど、真っ直ぐ持って帰ってくださいね」

「……そうする。ありがとう」

まだドギマギしたまま、それでも平静を装って、透はビニール袋を受け取った。ありがとうございましたの声を背中に聞きつつ、振り返らずに駐車場を後にする。

オフィスに戻ると、作業を終えたらしい梅枝は、自席でパンの包みを広げていた。同じフロアに談話室があり、そこには大きな飲食用テーブルもあるのだが、そこはたいてい女子社員たちの「昼の社交場」になっている。出入りが禁止されているわけでは決してないのだが、男性社員にはどうにも近づき難いエリアだ。

「何買ってきた?」

梅枝に問われ、透はビニール袋を軽く持ち上げつつ、自分の席に座った。

「カレーだ。新しい移動販売車が来ていた」

「へえ。どれどれ」

梅枝は食べかけのパンを持ったまま、椅子を転がして透の傍《そば》までやってくる。透が容器の蓋を開けると、たちまちカレーの香りが辺りに漂った。

「うわ、滅茶苦茶いい匂い。他人の食ってるカレーほど、羨ましくなるもんはねえよな」

「お前、この前室長が鰻丼《うなどん》を食べていたときも、同じことを言っていたぞ。要は、他人の食べ物なら何でも羨ましいんだろう」

「そうともいう。あーくそ、何で俺、今日パンなんか買っちゃったんだ？　たいしてパンが食いたいわけでもなかったのに！」

「知るか。せめてカレーパンを買っていればよかったのにな」

透は苦笑しつつ机の抽斗《ひきだし》を開けた。

几帳面《きちょうめん》な性格そのままに、きちんとパーティションを切って分類された文房具の合間から透が取り出したのは、布製の箸袋《はしぶくろ》だった。藍染《あいぞ》めの布を解くと、カトラリーの類が一式出てくる。

別にエコロジーを意識しているわけではなく、透は単に、割り箸やプラスチックのカトラリーが好きではない。それら自身の味が、食べ物の風味に交じる気がして不快なのだ。そこで彼は、こうして塗りの箸とステンレスのカトラリーを常備している。

(確かに、思ったより旨そうだな)

ゴロゴロと大振りな具が氷山のように頭を覗かせたカレーに鼻を近づけ、透はまず匂いを確かめた。

カレーの香りは、市販のルーやカレー粉とは明らかに違っていた。自分でスパイスを配合したのだろう。どこがどう違うかを具体的に説明することはできないが、印象を一言で言うなら「エッジが立った香り」ということになるだろうか。

カレーをスプーンで掬《すく》ってご飯にかけてみると、濃度はトロトロとサラサラの中間くらいだった。米粒にほどよく絡むが、すぐに染み込んでしまうというわけでもないという絶妙な濃度だ。

「なあ、旨い？　旨い？」

「まだ食ってない」

「早く食えよ」

「……うるさいな」

梅枝に催促され、透はカレーとご飯、それに大根を一緒に口に運んでみた。

「！」

何度か咀嚼《そしゃく》するうち、透のいつもは能面のような顔に、静かな驚きの色が広がっていく。

梅枝は、眼鏡の奥の鋭い目が見開かれるのを見て、面白そうに身を乗り出した。

「どうなんだよ。すげー旨いのかすげーまずいのか二択だろ、その顔は」

「う……まい」

「マジ！　じゃあ一口くれ！」

「断る」

きっぱりはね付け、透は一口、また一口と食べ進め、カレーの味にますます瞠目《どうもく》した。

エスニック料理は嫌いではないので、インドやネパール、あるいはタイといった国々のカレーの味は頭に入っている。だが、今目の前にあるカレーは、そうした「本場の味」とは根本的に違っており、かといっていわゆる「おうちのカレー」でもなかった。

スパイスの香りはあくまで強く、シャープな刺激は感じるものの、辛さはさほどでもない。口に入れたときこそ舌がピリッとするが、飲み下した後にはむしろ自然な甘みが残る。油分は控えめで、大きな具が入っている他にも、おそらくは何種類かの野菜が溶け込んでいるのだろう。小麦粉でねっとりさせたカレーと違い、優しいとろみが感じられた。

すね肉とおぼしき牛肉はスプーンが触れただけでほろほろ解《ほぐ》れるほど柔らかく、その味が染みた大根はしみじみと旨い。細切りにした椎茸から出た出汁がどこか日本的な味わいをカレーにもたらし、いかにもご飯にかけることを前提に作られたカレーという感じがする。

スパイスと出汁と具材が、それぞれを妨げることなく、対立することもなく、互いに個性を生かし合って、結果としては驚くほどマイルドな味にまとまっている。

ガツンとしたカレーが食べたい向きには物足りないのかもしれないが、透の好みにはぴったりだった。

さらに、透にはこのカレーを評価するもう一つのポイントがあった。

「雑味がない」

そんな透の簡潔な評価に、梅枝は羨ましそうな顔でクリームパンをかじりながら肩を竦《すく》めた。

「あー。雑味。お前が言うところの、農薬・添加物系のケミカル風味な。ったく、お前、味覚だけはやけに繊細だもんな」

感心したように言われ、透はキリリと眉を逆立てる。

「味覚だけとは何だ！　だけ、とは！」

「何だよ、どこもかしこも繊細ちゃんでしゅね～、とか言われたいわけ？」

「そ、そういうわけではないが、何か引っかかるぞ、その物言いは」

「そうか？　別に他意はねえよ。素直に感心してんの。だってお前、化学調味料の入った食い物ですら、すぐに言い当てるもんな」

「あれは簡単だろう。グルタミン酸の後味はかなり強烈だと思うが」

「そりゃ、大量に入れすぎてりゃ、嘘くさい味になっちまって誰でもわかるよ。けど、でっかい寸胴にほんのひとふりしただけでも、お前、わかっちまうんだもん。ほら、駅前のラーメン屋の親父がビックリしてたじゃん」

透は仏頂面で腕組みした。

「わかってしまうんだから仕方がない」

「保存料も着色料も駄目だもんな」

「駄目というか、わかってしまうだけだ。それしかなければ、諦めて食っている」

「だからさ、その諦めて食うっての、美味しく食えないってことだろ?」

「程度による。この時代に、化学物質がまったく入っていない食べ物などとても望めないからな。割り切って食べなければ、飢え死にするだけだ。……しかしこのカレー、少なくとも米と野菜はオーガニックであるようだ」

「へえ。良心的だな。いくらした?」

「六百円」

「そりゃけっこう安いな」

「品質を考えれば、安いと言えるだろうな」

冷静に分析しつつ、透のスプーンは止まらない。

日頃、どちらかといえば食が細い透がガツガツとカレーを平らげるさまを、梅枝は感心の面持ちで見守った。

「そんなに旨いのか。俺も今度、買ってみるかな」

「……フォルクスワーゲンのワゴンだ。行けばすぐわかる」

「へえ。今どきまた、こだわりの車選びだな。おっと、そろそろ次の酵素をぶちこむ時間だ。話の途中で悪い。俺、行くわ。ここんとこ手こずってた処理温度のサイクルが、ようやく定まりつつあるんでな。さすがの俺も真面目君にならざるを得ねえのよ」

「ああ。上手くいくように祈ってる」

「ありがとな。お前も頑張れよ、スパイス地獄」

梅枝は食べかけのパンを机の上に置いて立ち上がった。白衣に袖を通し、気障《きざ》な仕草で片手を振って研究室へと去っていく。

「……これでは乾いてしまうだろうに」

几帳面な性格の透は、むき出しのパンをしっかりビニール袋に戻してやってから、カレーの最後の三口をじっくり味わって食べ終えた。

ご飯を控えめにしてもらったにもかかわらず、カレーの量がたっぷりあるので、かなりのボリュームである。しかし具が大きいために、何を口に入れるかで味に変化がつき、また自家製らしい福神漬けとピクルスのおかげで、飽きずに食べ続けることができる。

「……ふう」

米粒一つ残さず食べきり、満足の溜め息をついた透は、おもむろに立ち上がった。容器を捨て、スプーンを洗い、サーバーから食後のコーヒーをマグカップに注いで席に戻る。

「凄《すご》いな」

たかがそれだけの運動で、うっすら額《ひたい》が汗ばむほど身体がぽかぽかしていることに気づき、透はブラックコーヒーを啜《すす》りながら、感嘆の呟きを漏《も》らした。

冷え性というほどのことではないが、透はどちらかといえば体温が低く、手足の末端がいつもヒンヤリとしているほうだ。仕事で扱う試料や試薬は熱に弱いものが多いので、手が冷たいのはむしろ好都合で、改善したいと思ったことはない。

だが今は、指先まで驚くほど熱を帯びていて、いかにも全身のすみずみまで血が通っていると実感できる。温泉から上がったばかりのようで、何とも心地よい。

他に原因がないので、これはさっき食べたカレーのスパイスがもたらした効果だろう。

「なかなかに……スパイスというのは凄いものだな」

これまでも、スパイシーな料理を食べて身体が熱くなるという経験をしたことは何度もあるが、それを仕事に結びつけて考えることはなかった。

今、「身体を中から温め」られていると我が身で実感した透は、生まれて初めてスパイスの力というものを真剣に考え始めたのである。

「まずは資料。そしてサンプルを集めなくては。ぼんやりしている暇はない」

俄然《がぜん》やる気になって、透は温《ぬる》くなったコーヒーを飲み干し、立ち上がった。そして再びコートを腕にかけ、まずは駅前の書店へ行くべくオフィスを後にしたのだった……。

＊　　＊

翌日の昼も、透は職場前の公園に足を向けた。

目当ては勿論《もちろん》、昨日のカレーである。

毎日来るという店主の言葉は嘘ではなかったようで、広い駐車場に並ぶ十台ほどの移動販売車の中に、昨日の水色のワゴン車があった。

透が近づいていくと、昨日と同じあの長身の青年は、驚いたように目を見張った。

「いらっしゃい。あの、昨日来てくれた……ええと、加島さん、でしたよね」

「……ああ」

三日前からここで商売を始めたと言っていたから、まだ客が少ないのだろう。それにしても、一度IDカードを見ただけで、彼は透の名を覚えてしまったらしい。その物覚えのよさに内心驚きつつ、透は小さく頷く。

すると青年は、妙に心配そうな顔つきで問いかけてきた。

「あの……もしかして、昨日のカレーに何か問題でも?」

思わぬ質問に透は面くらい、厳しい眉をさらにひそめる。

「いや、特に何も。何故、そんなことを?」

すると、今度は青年もどこか戸惑い顔になった。

「や、てっきり俺、加島さんが文句言いに来たんだとばかり。……じゃあ、今日はどうしてまた?」

むしろ理不尽な問いかけに、透は顰めっ面でツケツケと答えた。

「昨日と同じく昼食を仕入れに来たんだが。他にここに来る理由はないだろうに」

「マジですか？　今日も？　二日続けて!?」

青年の表情と声には、驚きと喜びが半分ずつ混ざり合っている。そのいきなりの大声に気圧《けお》されて、透は軽くのけぞった。

「ふ……二日続けて来てはいけないのか？　インド人は毎日カレーを食うと聞いていたが」

思わず口から出た素朴過ぎる問いに、青年は物凄いスピードで首をぶんぶん振った。

「いやいやいやいやいや！　全然いけなくないです！　光栄ですっていうか、嬉しいです、うん、凄く嬉しいです。ありがとうございます！　インド人は毎日カレーらしいですけど、日本人はなかなかそうもいかないっすから」

扇風機もかくやの、ほぼ百八十度の水平運動を繰り返しながら、青年は早口に言った。

そして、例の猫背で容器を取り出し、いそいそとカレーをよそおうとする。

そんな青年の広い背中に、透はまだ半ば呆気《あっけ》にとられたままで呼びかけた。

「ああ、ちょっと待ってくれ」

「……はい？　あっ、そ、そうだ。今日はアレです。豚肉と里芋のカレー、レンコンチップスつきですっ。言い忘れてた！　ど、どうですかっ」

青年はかなり取り乱し気味に、今日のカレーの具を説明してくれた。彼の動揺が伝染したものか、透もどこか落ち着かない様子で曖昧《あいまい》に頷く。

「……旨そうだ。それより、すまないが、今日からこれを使ってくれないか」

「はい？」

カウンターから身を乗り出した青年の鼻先に、透は持参した弁当箱を突きつけた。

それは昨日、彼が仕事帰りにアジアンショップで購入した、タイの弁当箱だった。

ステンレスの丸い容器が二段重ねになっていて、蓋を閉め、同じくステンレスの金具でひとまとめに固定する仕組みである。固定用の金具が取っ手も兼ねており、極めてシンプルかつ機能的な構造だ。

「これを……？」

ポカンとしている青年に、透は簡潔に言った。

「これにカレーとご飯を入れてほしいんだ。毎日、使い捨て容器を使うのは無駄だし、何より容器の味がカレーの味を損ねる気がして鬱陶《うっとう》しい」

「えっ？」

青年は面食らった様子で動きを止める。その左手に持たれた玉じゃくしを見て、透は訳知り顔で頷いた。

「ああ、そうか。専用容器でないと適量がわからないというのであれば、今日は使い捨てでも構わない。こちらで正確に計量し、この弁当箱の内壁に目印をつけておこう」

「目印？」

「カレーや白飯をここまで入れれば規定量だとわかるように、線を刻む。そうすれば君に余計な苦労をかけずにすむだろう。我《わ》が儘《まま》を言う以上、その程度の配慮は当然のことだ。これを使うのは明日からで構わない」

「あああ、ちょっと待ってください」

自分の言葉に納得して弁当箱を引っ込めようとした透を、青年は慌てて制止した。

「大丈夫ですよ。カレーの量はおたまではかってますし、ご飯の量は、お客さんのリクエストでこまめに変えてるんで。いや、俺が驚いたのはそこじゃなくて……」

「では、どこだ？」

「毎日って仰《おつしや》ったんで。二日続けてってだけじゃなく、これから毎日、ずっと来てもらえるのかってビックリしたんですよ。そんなに気に入ってくれたんですか、俺のカレー？」

屈託のない問いかけに、透は感情を読みにくい無表情で、淡々と答えた。

「気に入るか入らないかという二択なら、気に入った。だがそれ以上に、このカレーで勉強するために、これからしばらく毎日食べ続ける所存だ」

「は？　お……俺のカレーで、勉強、ですか？」

キョトンとしつつも、青年は透から弁当箱を受け取り、昨日と同じようにご飯とカレーを別々によそう。それを見守りつつ、透は頷いた。

「今、仕事でスパイスの勉強をしているんだ。だから、スパイスを多用するカレーは非常に参考になる」

「ああ、なるほど」

青年はようやく合点がいったらしく、おたまを置いて両手の指で長方形を作ってみせた。どうやら昨日、透が下げていたIDカードを示しているらしい。

「カード、カリノ製薬って書いてありましたよね。やっぱ、薬とか作ってるんですか?」

あまり仕事内容について詮索されるのが好きではない透だが、話の流れで仕方なく頷き、必要最低限の返答をした。

「かつては。今はサプリメントや健康食品の研究をしている」

「へえ。それで今は、スパイスの勉強中、と」

「そういうことだ」

「俺と一緒ですね。俺はサプリじゃなくてカレーですけど、商売しながらもまだまだ日々勉強で。……って、ええと、あの」

青年は、ご飯とカレーをよそった容器をきちんと重ね、留め金で固定しながら躊躇《ためら》いがちに透を見た。

その黒目がちの瞳に過《よ》ぎる迷いに気付き、透はこともなげに言った。

「ああ、容器代を差し引けなんてけちくさいことは言わない。勿論定価で……」

「あ、いや。違うんです。ええと……その。勉強のためってだけでも嬉しいっちゃ嬉しいんですけど」

「?」

透の早合点を片手を振って否定してから、青年はいくぶん不安げに、それでもどこか堂々とした低い声で問いかけてきた。

「その、味のほうはどうなのかな、と。さっき気に入ってるって言ってくれましたけど、それって旨いってこと……ですか?」

その問いに、透はニコリともせずに頷く。

「勿論だ。僕は出されたものはどんなにまずくても残さず食べる主義だが、自分で買うときに、まずいものをわざわざ選ぶ趣味はない」

愛想の欠片もないが、嘘やお世辞を決して言わない透の性格は、その一言で伝わったらしい。青年は、ようやく人懐っこい笑みを浮かべた。

「よかった!　それ聞いて、死ぬ程安心しました」

あまりに開けっぴろげに感謝され、透はむしろ困惑気味に言い返す。

「別に、僕が唯一の客じゃないだろう。好みは人それぞれだ。僕の感想に、そこまでこだわることは……」

だが青年は、さらに笑みを深くした。

「だって、二日続けて来てくれたお客さんは、加島さんが初めてだから。旨いって言ってもらえて……ああ、何かもう、参ったなあ！」

そう言うなり両手で頰《ほお》をベチンと叩いた青年に、透は少し驚いて目を見張る。

「な、何がだ？」

すると青年は、まるで大きな秘密を明かすような顔で、両手を自分の頰から外してみせた。現れたのは、満面の笑みだ。

「やーもう、嬉しくて勝手にほっぺたがにやけちゃって。見てくださいよ、この間抜けな顔」

そんなふうに開けっぴろげな感情を向けられることに慣れていない透は、気まずげに目を逸《そ》らす。

「別に……間抜けとまでは思わないが」

「ホントですか？」

「しかし、いささか不気味ではある」

「ああ、酷いなあ」

正直過ぎる透のコメントに憤慨するふりをしつつも、青年の笑みは少しも翳《かげ》らない。

「でも、ホントに嬉しいです。頑張ってもっと旨いカレー作りますから、楽しみにしててくださいね。……じゃあ、また明日」

る。

透も、ほんの数ミリ口角を上げると、弁当箱を受け取った。だが何となく、そのまま立ち去るのは彼の笑顔に申し訳ないような気がして、少し躊躇ったあと、ボソリと付け加える。

「ああ」

「……また明日」

そんな約束をしたのは、本当に久しぶりだった。

また明日、ここに来て彼に会う。

また明日、彼の作ったカレーを食べる。

恐ろしく単純で些細《ささい》なことだが、それは紛れもない「契約」の言葉だ。

確かなものなど何もない。だから誰も信用しないし、何かを確約することなどできはしない……いつもそう考え、実際そう公言している透だけに、誰かと、それがどんなに小さなことでも「約束」するなど、滅多にないことである。

自分で自分の言葉に驚きつつ、彼は青年に背中を向けた。「ありがとうございました！」という気持ちのいい挨拶《あいさつ》に送られ、駐車場を後にする。

「…………！」

片手にステンレスの弁当箱を提げて歩きながら、透はふと、自分の顔がさっきよりさらにハッキリと微笑していることに気付き、ギョッとした。

一昨年、このサプリメント研究開発部に異動してきたとき、透は、この先の人生、できるだけ人とかかわらずに生きていこうと誓った。

その直前、心に深い傷を負い、これ以上、人間関係でダメージを喰《く》らうのはご免だと強く思ったのである。

誰にも隙《すき》を見せない。

誰にも、彼の心に踏み込ませない。

透にとって、それが生活における最重要項目となった。

唯一の例外は、梅枝だった。

彼は入社以来のつきあいだし、他人の私生活に決して首を突っ込んでこないことを透は知っているからだ。

だが、他の人間との間には、透は目に見えない堅固な塀を築き、人間らしい感情のやり取りをしないように努めてきた。

それなのに、本来ならば商売人と客というよそよそしい関係であるはずのカレー屋の青年が、いとも簡単にその塀をくぐり抜け、透を微笑ませたばかりでなく、約束まで取り付けてしまったのだ。

しかも、久しぶりに梅枝以外の人間とカジュアルな会話をしたことが、自分の心を思いがけず晴れやかにしている。それは、自制心の強さには自信のあった透にとって、驚くべきことだった。

だが彼は、小さく首を振り、独りごちた。

「どちらにしても、昼時のたった数分、今の仕事が終わるまでのつきあいだ。職場の同僚ってわけじゃない」

そして、それ以上あのカレー屋の青年のことを考えないように努め、緩んだ頬を意識して引き締めつつ、彼は道路を横切り、もうすっかり見慣れた職場へと戻っていった……。

二章　近づく心

有言実行というのは透のためにある言葉かもしれない。

もう二週間あまり、彼は月曜から金曜まで毎日、昼休みになるとカレーを買いに公園の駐車場へ通っていた。

どうやらひとりで切り盛りしているらしく、水色のワゴン車の中には、いつも同じ青年がひとりで座っていた。

徐々に彼のカレーの味が口コミで広がりつつあるのか、客の数も順調に増えてきたようだ。透が来ると、数人の客が既に列を作っていることも珍しくなくなった。

それでも、毎日、しかも自前の容器を提げてやってくる透は、青年にとって特別な客なのだろう。彼はいつも人懐っこい笑顔で透を迎えたし、「本日売り切れました」の札を出していても、透の分だけは残して待っていてくれた。

「ええと、今日は……」

いつもそんな口上で紹介されるカレーは、具材がかなりフリーダムに変わった。

　メインはたいてい肉か魚だったが、時には豆や厚揚げ、パニールと呼ばれる白くて淡泊な味のチーズが使われた。それに添える野菜も、大根、蕪《かぶ》、人参《にんじん》、ジャガイモ、ほうれん草、茸《きのこ》類とバラエティに富んでいる。ときには、白菜や長芋など、あまりカレーには入らないような野菜も使われることがあった。

　カレーのベースはいつも同じに見えたが、具材によってほんの少し味付けを変えているらしく、毎日食べても透を飽きさせなかった。

　透はたいてい、ランチタイムが終わりかける頃に公園の駐車場に現れ、目だけで挨拶し、持参したステンレスの弁当箱を差し出す。するとカレー屋の青年は、嬉しそうに笑いながら立ち上がり、例の猫背で弁当箱にカレーを詰める。

　その間、笑うのも喋るのも青年ばかりで、透はせいぜい一言二言、短い相づちを打つだけだ。それでも毎回、「また明日」あるいは「また来週」の挨拶だけは、カレーを詰めた弁当箱を受け渡すときに二人ともが口にした。

　決まり事のように繰り返されるその言葉を口にするときだけ、透はごく小さく微笑する。その、やけにはにかんだような笑みに、カレー屋の青年もより大きな笑顔と、「ありがとうございました！」という言葉で応えるのだった。


　そんな、とある土曜日の夜。

地元で開催された学会に出席した透は、無事にポスター発表をこなし、会場である某大学を出て、駅に向かって歩いていた。

近くのホテルで開催されているはずの懇親会には参加しなかったので、まだ時刻はさほど遅くない。どこかで夕食を仕入れ、会社に戻って研究の続きをするつもりだった。

学会会場が暖かかったので、外の寒さが身に染みる。しかも、学会会場を出てほどなく、みぞれが降り始めた。本降りになる前に駅にたどり着きたくて、傘を持たない透は足を速めた。

ところが。

「あれっ、加島さん？」

背後から突然呼びかけられ、彼はドキッとして足を止めた。振り返ると、そこにはスーツ姿の大柄な青年が立っていた。

大きな紙袋を提げ、肩のカッティングが今ひとつ合わないスーツを着込んでいるその男の顔に、透はポーカーフェイスをかろうじて保ちつつも、内心首を傾げた。

「…………？」

親しげに名前を呼ばれたにもかかわらず、相手の名前がさっぱり出てこないのだ。

（誰だ……？）

どこかで会ったような気はするが、知り合いというほどの関係ではないだろう。あるいは学会で顔を合わせる同業他社や研究機関の人かもしれないし、もしかすると同じ会社だが他部署の人間かもしれない。

(顔見知り……なんだろうな。僕を見てニコニコしているし。しかし……今日、学会で会った人ではない……ように思うが、今ひとつ自信がない)

人付き合いを避けたがる透は、人の顔を覚えるのも極めて遅い。そもそも覚えようと努力する気がないので、自分が知っている人より、自分を知っている人が多いのが常だ。

そういうときの処世術として、透はかろうじてそれとわかる程度の微笑と目礼で誤魔化《ごまか》し、相手の出方を待つことにしている。

今回も、その微妙な表情を作ろうとした透だが、青年はその前に明るい笑顔と弾んだ声で挨拶をしてきた。

「ああ、やっぱり加島さんだ！　こんばんは。ははは、夜の挨拶をするのは初めてっすね」

「……はあ」

(夜の挨拶が初めて？　さっぱりわからないな)

慌ただしく頭を回転させる透を見て、彼が自分が誰かわからず戸惑っていることに気付いたのだろう。青年は片手の指を伸ばした状態で、自分の額に当ててみせた。

「もしかして、こうするとわかるかな、ほら」

「……ああ！」

疑問が氷解したことに安堵《あんど》して、透は思わず手を打った。

それは、透がここしばらく、平日はほぼ毎日顔を合わせている人物……すなわち、カレーの移動販売車の中にいつもいる人物だったのだ。

普段はタオルで隠されている額と眉を大きな手で隠されてようやく、目の前の男の顔が、カレー屋の青年の顔と完璧に一致した。道理で見覚えがあるはずだと合点がいった透は、もう一度まじまじと青年の全身を見た。

「改めてこんばんは。カレー屋です」

「……こんばんは。すまない。今日に限って、君がそんな格好をしているから……」

青年は屈託なく笑って、額から手を外した。

「わっかんないですよね。いつもはジャンパーとジーンズにエプロンで車ん中にいますから。あ、そっか。服装どころか、加島さんが俺のつま先見るのも、これが初めてですよね」

小さな、しかし確かな事実に気づき、青年と透は顔を見合わせる。

「……そういえばそうだ。いつも君は、車の中にいるものな」

「ははは、道理で、驚かせちゃうわけだ」

「ああ。いきなり見慣れない男に名前を呼ばれて、本当に驚いた」

「ですよね。すいません。でも俺、初めて見ました。加島さんのビックリ顔。いつも、澄まし顔しか見たことなかったですもん」

「！」

「やっと、加島さんが俺と同じ人間だって、確認できた気分」

カレー屋の青年は、どこか楽しげに笑った。してやられたような気がして、透はすぐにムスッとしたいつもの表情に戻る。そんな透の表情の変化に、青年はますます笑みを深くした。

「で、加島さんは、学会か何かの帰りですか？」

恐ろしく正確な指摘に、透は眼鏡の奥の目を見張った。

「何故、わかった？」

「いや……失礼なんですけど、その鞄《かばん》があまりにもダサかったもんで」

「！」

透はハッとして、自分の右手を見た。提げているのは、学会でもらった資料入りのビニールバッグである。紺色で、どこか昭和のスクールバッグを思わせるそれは、確かにお洒《しゃ》落《れ》からはほど遠い代物だ。

「そういうの、きっと加島さんは持たないだろうって何となく思ったし、だったら仕事で貰《もら》ったんだろうなって。加島さん、カリノ製薬の社員さんでしょ？　だったら、土曜にスーツで社外にいる仕事って、学会かな～って思ったんですけど。アタリですか？」

青年の洞察力に内心舌を巻きつつ、透は無愛想に答えた。

「当たりだ。だが、どうして僕がこういう鞄を持たないと思った？」

青年はまったく躊躇《ちゅうちょ》せず答えた。

「だって、加島さんはお洒落だから」

「僕が？　まさか」

見え透いたお世辞を言われたと感じ、透は顰めっ面になった。

実際、透はファッションにはてんで興味がない。

とにかくシンプルで身体の動きを極力制限しない、それでいてきちんとして見える質のいい服を買うようにしている。コーディネートに悩みたくないので、色も無難なものしか選ばない。

身につけるもので、透が自分自身で吟味して選んだと言えるのは、腕時計と眼鏡だけである。

小学生の頃、定規や分度器、それにマグネットやコンパスといったものが大好きだった透は、長じても、文房具や小さなガジェットの類に強い興味を持ち続けている。

店頭で新発売の文房具を見るとつい買ってしまうので、自宅にも職場にも、店が開けるほど多種類のアイテムが揃《そろ》っている。研究室で使う実験器具も、予算の許す限り、色々買い集めて密《ひそ》かに楽しんでいるのだ。

その流れで、腕時計や眼鏡といったものも小さな機械感覚で、できるだけ精緻《せいち》な構造のものを選ぶ癖が透にはある。

今、彼が愛用している眼鏡は、フレームが極めて軽量なチタン製で、蔓《つる》には側頭部によくフィットするように小さなバネが仕込まれている。腕時計も、実験のときに役立つよう、内部構造が部分的に見える無骨だが美しいクロノグラフを、数ヶ月前に購入したばかりだ。

その二点に関しては、確かに造形的には凝っているかもしれないが、それでもお洒落というほどのことはない……と、少なくとも透は思っている。

「まさかって、そんな」

「ファッションなど、意識したことはない。持ち物を選ぶときに考えるのは、実用性だけだ」

透は不愉快そうに吐き捨てたが、青年は悪びれず、笑顔のままで言葉を返した。

「それって、根っからセンスいいってことじゃないですか。いいなあ」

「……は？」

「だってそうでしょ。実用性だけで選んで、そんだけかっこよくてお洒落なんだから。いいなあ、スーツが似合って。俺なんかこうですよ」

心底羨ましそうにそういった青年は、重そうな紙袋を提げたまま、おどけたアクションで両手を広げてみせた。

するとたちまち、両袖からワイシャツが豪快に覗く。どうやら、サイズが合わないのは肩だけではないらしく、袖もかなり短い様子だ。

透は呆《あき》れて、つい正直なコメントを口にしてしまった。

「どこで何をどうしたら、そんな不格好なスーツが買えるんだ。それでは動きにくいだろうに」

本人には悪気はないとはいえ実に失礼な言いようだが、青年は気を悪くするふうもなく頭を掻《か》いた。

「やー、ただでさえ安いスーツ屋の、しかもバーゲンで買ったもんで。俺、迂闊《うかつ》にでかいから、ぴったりサイズってああいう量販店にはないんですよ。で、無理矢理小さめの奴を買ったら、もう鎧《よろい》でも着込んだみたいに動きにくいっす」

「……だろうな。で、僕は学会帰りだが、君は……」

「どこ行ってたと思います？」

両手を下ろし、ジャケットの袖をぐいぐい引っ張って伸ばしながら、青年は挑むように問いかけた。だが透は、こともなげに即答する。

「結婚式帰りだろう？　きっとその紙袋の中身は、ウエディングケーキの一欠片と、置き場所に困る中途半端な食器類と、駄目押しにバウムクーヘンだ」

断定されて、青年は一瞬目を丸くし、次の瞬間、ぷっと噴き出した。

「あははは、さすがだなあ。俺も中身は見てないですけど、九割以上の確率で、たぶんそれ正解です。さすがに、この格好と紙袋じゃ、モロバレですか」

「だな」

「高校時代の同級生の結婚式だったんですよ。今年もう三人目で。俺はまだだし、そんな予定もないのに、お祝いだけガッツ持って行かれてきついっす。さすがに二次会まで行くと出費が厳しいんで、帰ってきちゃいました」

訊かれてもいないのにやけに詳しく説明してから、青年は口を噤《つぐ》み、透の顔をつくづくと見た。不意に見つめられて居心地が悪くなった透は、小さく肩を揺すり、実は自分より頭半分以上長身だった青年の顔を見上げた。

「何か?」

すると青年は、初めて躊躇う素振りを見せたあと、思い切ったようにこう言った。

「あのう、いきなりぶしつけでアレなんですけど、この後予定とかあります? その、晩飯一緒に食べる相手がいるとか、すぐ家に帰らないと待ってる人がいるとか。あるいはもう晩飯食っちゃったとか」

「………」

透は一瞬、言葉に詰まった。

青年の表情と言葉から、彼が透を食事に誘おうとしていることがわかったからだ。

誰とも親しくなるつもりのない透としては、これはきっぱりと拒否したいタイプの誘いだった。それなら「先約があるから」とスマートに断れば済む話ではあるのだが、変なところで潔癖な透は、嘘をつくのが大の苦手であり、大嫌いでもある。

それゆえに、「食事はまだだし、特に予定はないが、君と行動を共にする気はない」と告げるしかないのだが、目の前の大らかな笑顔を見ていると、普段なら簡単に言えるはずのその文句が喉《のど》に引っかかってなかなか出てこない。

透の逡巡《しゅんじゅん》する様子に、青年は、今日はきちんとワックスでセットした髪を撫でつけてから、少し気まずげに自分の左手のほうを指さした。

「いや、あの、実はですね。俺、二次会パスした理由の一つが、この近くにあるスパイス料理の専門店に行ってみたかったからなんですよ」

それを聞いた瞬間、「断りたい」と顔中に書いてあった透の表情がほんの少し変わる。猫ならば耳が若干立った状態、つまり「スパイス料理専門店」に興味をそそられたのだ。

「スパイス料理専門店？　それは、インド料理店とかタイ料理店とか、そういうものとは違うのか？」

青年はどこか得意げに、そしてとっておきの秘密を打ち明けるような顔つきでかぶりを振った。

「違うんですよ。国を問わず、マスターが世界中を旅してレシピを仕入れた、スパイスを使った美味しい料理を出してくれるんですって」

「……それは面白そうだな」

「でしょ！」

青年は人差し指を立て、しかし少し残念そうに言った。

「単品じゃ何種類も試せないなって思ってたら、魅力的なコースがあるんですよね。マスターおすすめの料理を小皿で十一品っていう。凄くよさそうだと思いません？」

「確かに」

「だけど店に行ってみたら、小皿料理だけに、一人前じゃ駄目だって。二人前からの注文ですって言われて、しょんぼり退散してきたとこだったんです。だから……」

青年は、立てた指で自分と透を軽く指さす。

「加島さんが一緒に来てくれたら、コース食べられるなって思って。加島さん、仕事でスパイスの勉強中だって言ってたでしょう？　だから……えっと」

一緒に行きませんか、と小さな声で言って、青年は透の表情を窺《うかが》った。透よりずいぶん長身なくせに、器用な上目遣いをしてみせる。

「な……るほど」

透は小さく唸《うな》った。

スパイス料理専門店には興味をそそられたが、別にこの青年と行かなくても、情報だけ仕入れて後日ひとりで訪ねればいい。そう思ったものの、後半でコース料理が二人前からと聞いて、透の気持ちは揺らぎ始めた。

梅枝を誘うことも考えたが、彼は見かけによらず妙に可愛《かわい》いところがあって、辛い料理が苦手なのだ。誘ったところで、おそらく「遠慮しとくわ」と言われてしまうだろう。

それに今、スパイスやハーブの研究を進める上で、透はいくつかの問題や悩みを抱えている。職業は違えど、同じようにスパイスの勉強をしている青年と話すことで、いいブレインストーミング効果が得られるかもしれない。

そんないささか打算的な考えをポーカーフェイスの下でグルグルと巡らせ、透は眼鏡を押し上げた。

「わかった。いいだろう、つきあう」

いかにも仕方なくといった口調だったが、青年はそんなことにはお構いなしに歓声を上げた。

「マジですか！　やった！　じゃあ、ほら、みぞれであんまり濡《ぬ》れちゃわないうちに行きましょう。ほら、あっちでーす」

そう言うなり、彼はツアーガイドのように片手を挙げて歩き出す。本人は気にする様子もないが、夜の路上においては、目立つことこの上ない。

「……ちゃんとついていくから、その手を下ろしてくれ。今すぐにだ！」

道行く人たちの好奇の視線に耐えかねて、透は慌てて青年を叱《しか》りつけた……。

すぐ近くと言ったとおり、十分も歩かないうちに、二人は目的地にたどり着いた。

雑居ビルの三階にあるレストランの入り口には、「スパイス料理専門店　シルクロード」とわかりやすすぎる店名が書かれた木彫りのプレートがかかっている。

いかにもアジアン家具といった趣の、多少過剰な彫刻が施された木製の扉を開けて中に入ると、店内は意外にもスッキリした内装で、テーブルをゆったりと並べた居心地のよさそうな設えになっていた。

週末であるせいなのか、それとも普段から人気があるのか、テーブルはほとんど埋まり、若い店員たちが、料理の皿を持ってキビキビと働いている。音楽がなくても、話し声と物音で店の雰囲気は活気づいていて、客ばかりでなく店員たちも妙に楽しそうだ。

「……くしゅんッ」

なるほどスパイス専門店だけあって、扉を開けた瞬間から、様々なスパイスの香りが混じり合って鼻腔《びこう》を刺激する。思わずくしゃみをした透に、カレー屋の青年は小さく噴き出した。

「コショウ、飛んでますかね」

「……っ。そ、そのようだ。噂をされる覚えはないからな」

決まり悪そうに咳払《せきばら》いする透に、青年も案内係の店員も笑いを嚙《か》み殺したのだった。

幸い、少し待っただけで席が空き、透と青年は奥まった場所にある二人掛けのテーブルに案内された。

早速青年待望のコースを注文すると、ほどなく盛んに湯気を立てる飲み物が運ばれてきた。

「コースご注文の方にサービスの、グリューワインです。今日は寒いので、まずこれで身体を温めてくださいね。あと、突き出しのパパダム。これはインドの揚げ煎餅《せんべい》で、唐辛子とクミンが利いてスパイシーです」

まだ二十歳そこそこに見える若い店員だが、料理の説明は実に手慣れていて、立て板に水の趣だった。おそらく、コースメニューはそう頻繁に変わらないのだろう。

青年はワクワクを抑えきれない様子で、熱い飲み物が入った背の高いカップを両手で持ち、鼻を近づけた。まるで冬眠前の熊《くま》のような仕草で、ふんふんと匂いを嗅《か》ぐ。

「うーん、すげえいい匂い。グリューワインって……」

「和製英語でいえばホットワイン。赤ワインに香辛料を加えて温めたものだな」

スパイスの勉強中に仕入れた知識をさらりと披露しつつ、透は少し困惑の面持ちになった。

(参ったな。いきなり酒か)

透には、適量以上の飲酒を絶対にしてはならない理由がある。その「適量」が体調や酒の種類によって違ってくるので、普段はほとんど酒を飲まないのだ。

しかし、外が寒かったこともあり、目の前の熱くて香りのいいワインは恐ろしく魅力的だった。おまけに透は、飲食店で出されたものは、決して残さない主義である。

(まあいいか。熱してあるということは、アルコールがかなり飛んでいるだろうし、今日は体調も悪くないから、ハーフボトルくらいは大丈夫だ)

半ば自分に暗示を掛けるように心の中でそう呟き、彼はカップを取り上げた。すかさず、向かいに座った青年が、同じようにカップを持ち上げる。

「えっと、じゃあ、乾杯……って何に対してすればいいのかな、こういうとき。お疲れ様でした?」

「……そうだな」

特に乾杯する気などなかったが、拒むほどのことでもない。軽く互いのカップを合わせ、二人はほぼ同時にグリューワインに口をつけた。

熱いワインからは、アルコールと共にスパイスの芳醇《ほうじゅん》な香気が漂う。透は、まるでテイスティングでもするようにワインを口に含み、注意深く味わった。

「リンゴとオレンジとはちみつ。それからジンジャー、シナモン、クローブ……そしてこの甘みは……ナツメグか」

透の呟きに、隣のテーブルに料理を運んできた店員がビックリした様子で振り返る。

「凄いですね、お客さん。大正解です。あ、でもあと、一つだけマスターの好みで隠し味が入ってるんですよ〜」

「隠し味？」

「はい、当ててみてください」

透は軽く眉をひそめ、もう一口ワインを味わった。青年も、しかつめらしくワインを啜る。だが、二人はまたしても同時に首を捻《ひね》った。

「駄目だ、俺わかんねえ。加島さんは？」

透も降参の証《あかし》にカップをテーブルに戻した。

「わからないな。少し果物からとは違う酸味があるような気がするが、それが何だか……」

「おっ、わからないなりに鋭い！」

長い髪を後ろでひっつめにした、いかにもインドあたりを旅するのが好きそうな男性店員は、賞賛の目で透を見た。そして、厨房に引っ込んだと思うと、小皿を持って戻ってきた。

「これです。スーマックといいまして、中近東のスパイスなんですよ。味見してください」

「スーマック。初めて聞いたな」

「俺も！」

二人は目を輝かせ、テーブルに置かれた小皿の中の茶色い粉末に見入る。透は指先に粉末を少量つけると、慎重に匂いを確かめ、それから口に含んだ。いかにも研究者らしいその仕草に、青年もごつい手で倣《なら》う。

「すっぱ！　うわ、レモンっぽいかも」

青年の感想に、透も真剣な面持ちで頷く。

「確かに。際だった香りはないが、酸味と……微《かす》かな苦みがある。なるほど、ワインに合いそうだ」

店員は面白そうに頷く。

「そうなんですよねー。ちょっと味が引き締まるってーか。日本の果物は甘すぎるんで、これで酸味を加えてるそうです。あと、胃腸の働きを整える働きもあるんで、食前酒にはぴったりですよね」

「……なるほど」

「古代ローマでも酢の代わりに使われてたらしいですよ。なかなか由緒正しきスパイスってとこですよね。……これから色んなスパイスを使った料理が出るんで、ごゆっくり楽しんでください」

そう言って、親切な店員は引き上げていった。透はバッグから手帳を出し、さっそく新しい知識をメモし始める。

その姿を、青年は感心と尊敬の眼差しで見た。

「すげー。加島さん、すげえなあ」

「……何が」

手帳から視線を上げず、透は無愛想に応じる。

「仕事熱心つか研究熱心なのもですけど、その舌！」

「……僕の舌？」

「すっげー敏感じゃないですか。スパイス全種類わかっちゃっただけでも凄いのに、エクストラの酸味まで！　よくわかりましたよね」

「ああ、そのことか」

透はじっくりとワインを味わいながら、別段自慢する風もなく淡々と答えた。

「昔から、味覚だけは鋭いんだ。スパイスやハーブの勉強を始めてから、色々な種類を揃えて、香りと味を覚え込んだ」

「へ……へえ。何種類くらい？」

「そんなに多くはない。四、五十種類といった程度だと思うが」

「……いや、十分凄いっすわ、それ。普段から、料理の味とかうるさいほうなんですか？」

興味津々で問いを重ねる青年に、透はあっさりと事実を告げる。

「うるさくはない。農薬や化学肥料や添加物を感じ取ってしまう傾向はあるが、粗悪な食材だろうが、味付けが濃かろうが薄かろうが、焦げていようが生煮えだろうが、とにかく出された食べ物は綺麗に平らげる」

「うえ……そ、それは」

「何だ？」

「いや、何かすげえ根性だなと思って」

「根性の問題じゃない。生産者に対する尊敬を、他に表す術《すべ》がないならな。あと、自炊をしない以上、自分のために調理された食べ物を無駄にするべきではない」

「うはあ……。何か、マジですげえなあ、加島さん。俺、凄い人にカレー食ってもらってんだな」

心底感服したように青年が唸ったそのとき、二人の前に料理と飲み物が運ばれてきた。さっきの店員が、やはり滑らかな口調で説明してくれる。

「ではまず、前菜的な小皿料理から。冷たい前菜はセビッシュ。メキシコの刺身です。魚をぶつ切りにして、レモン汁とパプリカ、アボカド、タマネギ、トマトと合わせました。使われてるスパイスはペッパーとコリアンダー。さっぱりめのオリーブオイルとよく合います」

「うまそ！　見た目も綺麗だな」

刺身というよりはカラフルなサラダのような一品に、青年は目を輝かせた。カレー屋をやっているだけあって、食べることが基本的に大好きなのだろう。

「旨いですよ～。冷たいうちに召し上がってください。で、こっちの温かいオードブルは、ムール貝のスープ。エシャロットとセロリとサフラン、あとペッパーが利いてます。人参と蕪も入ってますよ。冷めないように、蓋を閉めたままにしておきますね。それから……」

最後にテーブルに置かれたのは、透明な液体の入ったグラスだった。

「これは、コースについているドリンクです。フェンネルのリキュールを炭酸で割ったオリジナルカクテルです。他にも色々カクテルがあるんで、別料金ですけど、よかったら」

（また、酒か……。まあ、炭酸割りなら大したことはないか）

店員が去った後、透はまずグラスの酒を味見してみた。粉末と同様に、ふわっと甘い香りがする。実際の甘みはリキュールを作るときに入れた氷砂糖のせいだろうが、少し薬臭いフェンネルの香りを生かして、優しく爽《さわ》やかなカクテルに仕上げられている。いかにも女性に人気がありそうだ。

「んー、さっきのホットワインは身体を温めるため。で、これは何だろ。フェンネルって、魚と相性がいいんで、フィッシュカレーには時々使うんですけど」

「フェンネルには、呼吸と胃腸の作用を両方整える作用があると言われている。このコースは食べる人間の健康をよく考えて組み立てられているようだな」

「なるほど～。あ、この……ええと何だっけ、セビッシュ？　これも旨いな。コリアンダー、あんま好きじゃないんですけど、この程度の量なら大丈夫」

レモンの酸味が効いた白身魚を味わい、透も頷いた。

「正直、素材の悪さをきついスパイスでごまかした料理が出て来たら……と案じていたんだが、杞憂《きゆう》だったな。生魚がこれだけ新鮮なら、他も安心できる」

「そういう意味で、初っぱなに出てくるんですかね、これが」

「かもしれん。……というか、君がコリアンダーを不得手にしているとは奇妙だな。カレーにコリアンダーはつきものだろう」

そんな指摘に、青年は笑顔のまま、しかしハッキリと言い返す。

「確かに、粉のコリアンダーは特に豚肉とは相性がいい気がするんですけど……。つか、粉と葉っぱのコリアンダーは、別物と考えるべきですよ。粉のほうは甘くていい匂いがするけど、葉っぱのほうは……うえっ」

今にも吐きそうな顔をする青年に、透は少し引き気味に訊ねた。

「確かに、生の葉のあの独特の臭《にお》いと味は、好みが分かれそうだな。君はあまり癖の強いスパイスが好きではないのか？」

「ですね。あんまり一種類が尖《とが》ってると、素材の味を引き立てるんじゃなくて、邪魔するような気がするんですよ」

「なるほどな。確かに、スパイスは単品ではあまり大量に使うことができない。だが、カレー粉のように多くの種類を配合すれば、一人前でかなりの量のスパイスを使っても平気になるようだ」

「そうそう。スパイスって不思議で、それぞれの匂いはあんまり魅力的じゃなくても、何種類か合わせてしばらく馴染《なじ》ませると、いい感じになってくるんですよ。丸くなるってか、薬臭くなくなるってか。カレー粉なんて、その最たるもんですよね」

　透は常識を語るような顔つきで軽く頷く。

「その現象を、スパイスのブレンド効果という。特に、似たような香りのスパイスを取り合わせるのが効果的だそうだ。互いの癖の強さを消し合うことにより、よりマイルドに、それでいて複雑な香味を楽しむことができるようになる」

「なるほど～。うわー、俺、やっぱ今日、加島さんと会えてすげえラッキーだった！　でもって、この店に誘ってよかった！」

「……コースが食べられてよかったな」

　透はさらりと受け流したが、青年はテーブルの空き場所に両の拳《こぶし》を載せ、身を乗り出した。

「それだけじゃなくて！　確かにここで飯食えてるのもラッキーですけど、それとは別に、加島さんとこうして話せるの、俺にとってはでっかいチャンスなんですよ」

「チャンス？」

　目つきで「何故だ」と問いかける透に、青年はあからさまに張り切った様子で、周囲の喧噪《けんそう》に負けない声を張り上げた。

「だって、加島さん、俺のカレーを延々食べ続けてくれてる人だから。感想とか意見とか、ゆっくり聞ける絶好のチャンスじゃないですか。しかも、すっげー敏感な舌の持ち主だって、さっきわかっちゃったし」

「……ああ、そういうことか」

納得しながらスープボウルの蓋を取り、立ち上るサフランの香りの湯気を楽しむ透に、青年は勢い込んで言った。

「あの、俺のカレー、どうっすか？　旨いし気に入ってるって言ってくれましたけど、こう、もっと具体的な感想を聞いてみたいんです」

あまり他人のことには興味のない透だが、ここしばらく毎日顔を合わせている相手ではあるし、目的は違えどスパイスを学ぶ同志……というささやかな仲間意識がなくもない。

こうして食事をする間くらい、彼のカレーについて語るのもいいだろう、そう思った透は、青年のカレーの味を思い出しながら口を開いた。

「そうだな。君のカレーは……」

「あ、ちょい待ち」

だが、青年は実に不作法なタイミングで片手を挙げ、透の話を遮った。無礼な人間が大嫌いな透は、ムッとして眉を逆立てる。

「何か？　君は僕の話を聞きたいんじゃなかったのか」

「いや、すいません。その、それが」

「それ？　どれだ」

明らかに機嫌を損ねた透に、すまなそうに頭を下げてから青年は言った。

「ホントにすいません。けど俺、その『君』ってのちょっと」

「……何だ？　ちょっとではわからない。はっきり言ってくれ」

怪訝《けげん》そうな透に、青年は軽く首を竦めて言った。

「俺、適当な育ちだし、ざっくばらんな性格なんで、あんまりあらたまった言葉遣いとか、苦手なんですよ。で、『君』なんて呼ばれたことなくて。どうもさっきから、このへんがむず痒《がゆ》いんですよね」

うなじの辺りをさすってみせる青年に、透は不機嫌に言い返す。

「仕方がないだろう。君は僕の名前を知っているが、僕は君の名前を聞いたことがない」

それを聞いて、青年はガース・ウィリアムズが描く兎《うさぎ》そっくりの顔で、目をまん丸にした。

「マジっすか？」

「嘘をついてどうする。少なくとも、僕から訊ねたことはないし、君が名乗った記憶もないぞ」

「はわー……そ、そっか。そうですよね。さっきもカレー屋です、とは名乗ったけど」

「それは名前じゃない」

青年は背筋を真っ直ぐ伸ばし、ややあらたまった調子で透に軽く会釈した。

「ですよね。ええと、何だか今さらですけど、俺、芹沢《せりざわ》です。芹沢匠《たくみ》っていいます」

「せりざわ……たくみ？」

「はい。『リフォームの匠』の匠。別に親は職人でも何でもないんですけど」

「では、どうして」

「親父が、将来何を商売にするにしても、こだわりを……つまり職人気質を持つ子に育ちますようにって名付けたらしいです」

納得して、透は軽く頷いた。

「……いい名前だ。では、芹沢君と？」

「呼び捨て&お前でいいっすよ。芹沢でも、匠でも。俺、どうせ加島さんより全然年下だと思うし。でしょ？　俺、今二十七なんですけど」

「僕は三十一だ」

「……へえ」

感心したように目を見張られ、透は居心地悪そうに青年……芹沢を睨んだ。

「何だ？」

芹沢のほうは、いつもワゴン車の中にいるときと同じ屈託のない笑顔で弁解する。

「あ、いや。なんか加島さんって凄く落ち着いてるから、もそっと年上かと思ってました。三十五とか、そのくらい」

「悪かったな、老け顔で」

「いやいやいや！　顔は老けてないですよ！　どっちかっていうと、態度……ってか、物腰？」

「どちらにしても、老けているということだろう」

「いや、老けてるとかそういうこっちゃなくて……。いいじゃないですか、男なんだから、上に見られたほうが貫禄《かんろく》あって。俺なんか、なっかなか二十七には見てもらえないですよ」

透を怒らせたかと必死で言葉を重ねる芹沢に、透はようやく少し機嫌を直したらしく、への字口のままで言った。

「……確かに。今の今まで、二十歳そこそこだと思っていた」

「あっ、ひでぇ」

透が思わず漏らした本音に、口では酷いと言いつつも、芹沢はあっけらかんと笑った。おそらく、皆に言われ慣れているのだろう。

「俺も加島さんみたく、仕事のできる大人の男！　って感じに早くなりたいんですけどね。どうすりゃいいんだろ」

「……さあ」

透が、プライベートな話については相当に消極的なことに気付いたのか、青年は少し困った顔をしてから、元の話題に戻った。

「あの、そ、それで、カレーのことなんですけど。俺のカレー、毎日食べてみてどうっすか？　ここはいいとか、ここはこうしたほうがいいとか」

「……そうだな。いいところと悪いところ、どちらから聞きたい？」

問われて、再び姿勢を正した芹沢は、神妙な顔つきで言った。

「じ、じゃあ、悪いほうから」

透も真面目な面持ちで頷いた。

「わかった。だが、欠点はそう多くはないと思う」

「ホントに？　遠慮せずに、厳しく採点してくださいよ？」

青年は不安げにそう言ったが、透はきっぱりと言い切った。

「僕が、君……あ、いや、芹沢、に、遠慮する理由などないだろう」

いくぶん言いにくそうに、それでも律儀に芹沢を呼び捨てにしてから、透は言った。

「まず一つ目は、白飯の固さが日々安定していないことだ」

「うっ」

「米を洗ってから、吸水させる時間が一定していないからだと推測する」

「た、確かに。そのへん、他の作業の片手間にやってたんで、けっこうルーズだったかも」

反省する芹沢に、透はさらに指摘を続けた。

「それから、生姜を粉末でなく生のものをすり下ろしているのはいいと思うが、フレッシュなときとそうでないときがある。数日分を一度にすり下ろして、密閉容器で保存しているんだろうが、それはやめるべきだ。生姜は他のハーブ類に比べて、風味が落ちるのが極めて早いからな」

「そ……そんなことまで、カレー食っただけでわかっちゃうんですか？」

「……別にわかりたくはないが、わかってしまうんだから仕方がない。小姑《こじゅうと》のような指摘は不要だというなら、ここでやめておくが」

「あ、いやいやいや！　もう全然大丈夫なんで、続けてください。それからっ？」

芹沢がまったく怯《ひる》まずに先を促すので、透は分析結果を報告する検査官さながらの面持ちで言葉を継いだ。

「それから……カレーに少しニンニクを入れているな？　どの段階で、どんなふうに入れている？」

芹沢は先生に試験結果を訊ねる学生のような不安げな表情で頷く。

「あ、はい。少しですけど、風味付けに。最初に鍋に油を引いたとき、みじん切りにした奴を炒《いた》めてます」

「なるほど。その油で肉を炒めるわけだな。……ニンニクは、まとめ買いだろう」

「ですです。袋に詰まってるもんで。それが何か？」

「保管が悪いせいで、芽が育ち、ニンニク自体の味が落ちてえぐみが出ている」

「!?」

キョトンとする芹沢に、透は丁寧に説明した。

「伸びたニンニクの芽は匂いが薄らいで食べやすいが、出始めの芽は臭みもえぐみも強い。これから育っていく部分なんだから、当然だ。それをそのまま使うのは、あまり感心しないな。使うなら芽の部分は除くべきだし、そもそもニンニクは、使う分だけこまめに買ったほうがいい」

「……は、はあ」

「あるいは、香り付けが目的なら、包丁で潰《つぶ》したニンニクを油に入れて、低温で熱し、香りを移すだけでも十分だろう」

「なるほど……！　うわ、そのへん、俺、適当にやってたなあ。もっと丁寧にやんなきゃだ」

「カレーはそもそも医食同源の食べ物だろう。すべての食材が、食べる人の健康維持に貢献するよう、心を砕くべきだろうな。……だが、僕が思い当たる君……いや、お前のカレーの欠点は、その程度だ」

「ホントに？」

「ああ。毎日美味しく頂いている。……あと、たかが四歳違いで、本当に呼び捨てやお前呼ばわりでいいのか？　僕はどうも、高飛車な喋り方をしているような気がして落ち着かないんだが」

言いにくそうに「お前」を口にする透に、芹沢は何が楽しいのか、急に笑顔に戻って頷いた。

「いいっす。俺はそのほうが全然居心地いいんで、もうガンガン呼び捨てにしてくださいよ。じゃあ、今度は俺のカレーのいいとこ、聞かせてくださいっ」

「……まずは、食材に雑味がないのがいい」

「雑味？」

初めて聞いた言葉だったのか、芹沢はポカンと口を開く。

「野菜や米が、ほとんどオーガニックだろう。だから、カレーの中でもその個性を失わないし、とても伸びやかな味がする」

「……ああ！」

「あの値段でカレーを提供するのに、オーガニック野菜を仕入れていてはコストパフォーマンスが厳しいだろう。よく努力していると常々思っていた」

「あー、それはね、大丈夫なんですよ」

芹沢はニコニコしてそう言い、指先にグラスの水滴をつけて遊びながら説明した。

「俺の実家ね、以前は農業やってて。今でも自分ちで食べる米と野菜だけは無農薬で作ってるんで、それを格安で分けてもらってんです。父親が交通事故で足腰をやられたんで、今はその程度しかやれなくて」

「なるほど。そういうことだったのか」

「畑をやってた土地を貸し農園にして、親は生計を立ててるんですけど、これがけっこう大変で。貸してそのままほったらかしってわけにいかないでしょ。頻繁には来られないお客さんの畑を世話してあげたりとか、農業指導とかアドバイスとか、色々こう、面倒みてあげなきゃいけないんです。やっぱ無農薬で野菜を作りたい人が多いだけに、トラブルも苦労も多いんですよね」

「……だろうな」

「で、両親だけじゃおっつかないんで、時々は俺も駆り出されるわけですよ。そのお駄賃に、頃合いに育った野菜を貰って帰って、それでカレーを作ったりもします。だから……」

『あるもの使うカレー』

二人の口から、同じ言葉が同時に飛び出した。芹沢は、穏やかな目をパチパチさせて透を見る。

「あれ、なんでその言葉……」

「最初にカレーを買ったとき、お前がそう言った。僕はずっと、あれはどういうことだろうと思っていたんだが、ようやくわかった。なるほど、そのとき手に入るオーガニック野菜を使うということか」

疑問が解決して満足げな透に、芹沢は説明を補足した。

「そうなんですよ。貸し農園のお客さんからも、収穫のお裾分《すそわ》けを頂いたりするんで、それもちょいちょい入ったりしてね。農園のお客さんの中にはプロみたいな人もいて、見たこともない珍しい野菜やキノコを育てたりしてて、面白いんですよ」

「ほう……」

「で、それから？　他にもいいとこは？」

「そうだな。カレー粉のスパイスのバランスがとてもいい。あれは自分で？」

やはり、売り物の本質的なところを褒められて嬉しいのだろう。芹沢はロボットのようにこくこくと頷いた。

「そうです。まとめてブレンドして、オリジナルのガラムマサラを作るんです。あと、タマネギもクミンシードやペッパーと一緒に炒めてペーストにして、トマトもインド風のトマトソースにして……。そうして冷凍しとくと、味も落ち着くし、毎日カレー作る作業が速くなります」

「なるほど。……しかし、お前のカレーには不思議な味わいがある」

「不思議な味？」

「ニンニク、生姜、タマネギ、ペッパー、唐辛子、トマト、ターメリック、クミン、カルダモン、シナモン、コリアンダー、クローブ、ナツメグ……お前のカレーの味を構成しているのはこのあたりだろう？　それはこの舌で感じ取れた」

「うはあ……、やっぱ凄いな。確かにベースはそんなとこです。具によって、たまに何かを足すことはありますけど」

　感心する二人の元に店員がやってきて、空いた皿を下げ、新しい料理を二品置く。オールスパイスやスーマックで味付けされたスパイシーなラムケバブと、セサミチリソースを添えた蒸し野菜である。

　それらを味わいながら、透はどこか不満げに話を続けた。

「だが、一つ、いつも何かわからない食材が入っている。それが何かを知りたい」

「……おっ」

　透の口から初めて「わからない」という言葉を聞いて、芹沢の表情にようやく余裕が現れた。彼は、蒸し茄子にたっぷりチリソースをつけ、口に放り込んでから言った。

「どんな味のもんですか？」

「む……。お前のカレーには、実にマイルドな甘みと、こくがある」

「こく？　とろっとしてるってことですか？」

「違う。カレーのとろみ自体は、野菜から出たものだろう？　おそらく、ジャガイモ……」

「あたり。小麦粉だとどうしてもドロドロした感じになるんで、ジャガイモと、あるときはカリフラワーも足して、とろみを出してます。やっぱ、とろみが全然ないと、ご飯がすぐにふやけて旨くない気がするんですよね」

「そこは同感だ。だが、あの甘みとこくの源がわからない。砂糖の甘さではないし、果物のそれでもない。マンゴチャツネかはちみつかと思ったが、そういったものでもないようだ。乳酸菌飲料の甘さでもない。チョコレート……は、少し入っているか？」

「ちょっとだけ。でも、カレーに甘みが出るほどじゃないです」

「そうだろうな。……だとすれば、あの風味は、どこから来るのか……。毎日、食べるたびにそれが気になって仕方がない」

「ふふ。ふふふふー」

　お手上げ状態らしき透の言葉に、芹沢はちょっと悪い顔で得意げに笑った。透はムスッとして眼鏡を押し上げ、細長いケバブを頬張る。

「……嫌な笑い方をするな」

「だって、何もかも分析されきっちゃったら、俺の立場ないじゃないですか。これでも、相当工夫して、カレー作ってるんですよ」

「そんなことはわかっている」

「だから、神の舌を持ってる加島さんにも、俺のとっておきの隠し味がわかんないって知って、すげえ……何ていうか、嬉しいんです。俺の発想の斬新《ざんしん》さも、捨てたもんじゃねえなって思って」

「……そんな奇妙なところで自信を持たれても困る」

「持ちますよ。へへ、やった！」

小さなガッツポーズまでしてみせる芹沢に、実は意外に負けず嫌いなところのある透は、悔しそうに言い返した。

「僕は舌が敏感なだけで、別に世界中の食材に通じているわけじゃない。そんなに喜ぶことじゃないだろう。……で、その隠し味は何なんだ？」

だが芹沢は、ちろりと舌を出すと、悪戯っぽく片目をつぶって言った。

「ひーみーつ！」

「……何だと？」

「だって、ここで教えたら、俺のカレーのすべてがわかっちゃった！　みたいになっちゃうし。加島さんだって、そんな簡単に教えられちゃったらつまんないでしょ。だから、これからも毎日俺のカレー食って、自力で分析してくださいよ」

「む……むむ」

「ね。ちょっとゲームみたいで面白いじゃないですか。俺が俺なりに必死に努力して見つけ出した隠し味を、お客さんの加島さんがその神の舌を武器に突き止める！　うはー、何かたかがカレーなのに、すげえスリリングじゃないですか？」

「……つまり、それは僕とお前との勝負だな？」

「そうそう。昼休みの真剣勝負」

「……よし。受けて立とう」

透は毅然《きぜん》とした表情と口調で、芹沢の小さな挑発に応じた。

いくら冷静かつ温厚に見えても、透は社内での数々の研究コンペティションに勝ち抜いた、いわば常時勝負続きの生き方をしてきた男である。たとえものがカレーでも、戦いを挑まれて逃げることなどありえない。

芹沢も、どこか勝負師めいた強い光をその目に過ぎらせ、グラスを手にした。

「じゃあ、俺と加島さんのバトル開始を祝してかんぱ……あれ、グラスがカラだ。加島さんもじゃないですか。えっと……」

互いの飲み物がなくなっていることに気付くと、芹沢はすぐにグラスを置き、ドリンクメニューを広げた。

「わお、自家製薬草酒に果実酒ですって。どうせなら、珍しいのがいいですよね。あ、これとかどうですか、タンポポ酒。それともこっちの、キナ酒のほうが面白いかな。ね、今日は色々試してみましょうよ。料理がスパイシーだから、酒進むし！　ねっ！」

「……う……ああ」

躊躇いながらも、透は曖昧に頷いた。

過去のトラウマから人付き合いを避けてきただけで、本来は決して人間嫌いではない透である。

出会ったときから、自分の警戒心を不思議に緩めてしまう芹沢と、こんなふうに差し向かいで食事をし、スパイスの話に興じていると、気分がいくぶん高揚し、自制心のタガが緩んでくる。

飲み過ぎてはいけない、そろそろソフトドリンクにしたほうがいい……と思いはするものの、バラエティに富んだ薬草酒への興味と、久しぶりに楽しい気分で、リラックスして酒を楽しみたいという誘惑に抗《あらが》うすべは、彼にはなかった。

「……そうだな。僕はこの、ゲンチアナ酒というのを試してみたい」

「ゲンチアナ？　何だろそれ。は虫類っぽい響きですけど、トカゲじゃないですよね」

「まさか。薬草だろう？」

「薬草をモリモリ食ったトカゲが入ってるとか！」

「……どうしてもお前は、僕にトカゲ酒を飲ませたいのか」

「つーか、トカゲ酒を飲んだ加島さんが見たいかも。ポーカーフェイスでクピッといっちゃうのか、それとも死にそうな顔すんのか、すげー興味ありますよ」

「そんな悪趣味な好奇心は、とっとと捨てろ！」

「ほら、だって怒るときも、基本ポーカーフェイスなんだもん。意地でも色んな表情、見てやりたくなります」

「……本当に悪趣味だな」

ゲンナリした口調で吐き捨てつつも、誰かが自分に関心を示してくれるというのが、今夜はやけに心地よい。

酒といっても薬草酒だし、ましてソーダ割りなら過ごすほど飲むことはないだろう。珍しく自分に甘いそんな結論に達し、透は通りかかった店員に手をあげて合図した……。

三章　拒まれる手

芹沢にとって、それはとにかく楽しい夜だった。

次から次へと運ばれて来る小皿料理は、それぞれ複数のスパイスやハーブが使われていて、取り合わせの妙と心地よい刺激が楽しめた。スパイス料理といっても、辛いものばかりではない。繊細な香気を楽しむ淡泊な料理もあり、そのコントラストで余計に食欲が刺激される気がした。

特に、料理に添えて出された、キャラウェイシードとフェンネルシードを混ぜこんだ全粒粉のパンが実に香ばしくて、芹沢は五回もお代わりを頼み、店員にも透にも呆れられたほどだ。

しかも、料理を味わいながら、透がスパイスについての説明を加えてくれるので、恐ろしく勉強になる。

正直なところ、蘊蓄《うんちく》を語る人間が、芹沢はあまり好きではない。むしろ鬱陶しく思うほうだ。

だが、透の場合は別だった。特に知識をひけらかしたい風でも自慢げでもなく、淡々と語る透が、芹沢の役に立ちそうな知識を選んでくれていることがわかったからだ。

仕事でスパイスの研究をしていると言うだけあって、透が教えてくれることがらは薬学や歴史のジャンルにも渡り、スパイスの香りや風味、使い方しか考えてこなかった芹沢には興味深いことばかりだった。

芹沢は興奮して大いに盛り上がったし、透も、酒が進むに連れて徐々に感情を見せ始めた。

氷のように硬質な雰囲気がほんの少しずつ緩み、明らかに笑みとわかる表情を浮かべるようになった透は、食後に出されたローズウォーターのゼリー菓子をつまみながら、ずいぶんリラックスした口調でこんなことを言い出した。

「ところで、僕のほうも、お前に訊ねてみたいことがあるんだが」

そう言われて初めて、店に入って二時間近く、ずっと自分ばかりが話を振っていたことに気付いた芹沢は、慌てて頷いた。

「あっ、すいません、俺ばっかし質問しまくっちゃって。何ですか？　俺に答えられるようなことなんて、あんまない気がしますけど。あ、いくら酔っぱらっても、隠し味は教えませんよ」

「そんな汚い真似をするものか。……この話は一応社外秘だから、他言無用で頼むぞ」

「あー、勿論っす。俺、そこそこ口の固い男ですよ」

「……そこそこ?」

「あ、いや、凄く! シャコ貝くらい固いです。何でも話してくださいよ」

芹沢が胸を叩いて秘密厳守を請け合うと、透は声を低くしてこう言った。

「仕事でスパイスやハーブの研究をしていると話したことがあっただろう? 実は、研究のテーマは、『身体を中から温めるアイテム』なんだ。若い女性がターゲットで、夏の冷え性を緩和することが目的だ」

「へえ。夏の冷え性、ですか。よく、カレーとか効くって言いますけどね、冷え性」

透は訳知り顔で頷き、テーブルに片肘《かたひじ》を置いて芹沢のほうに身を乗り出した。

「そのとおり。カレー粉には、身体を温める効果のあるスパイスが多く含まれている。生姜がその筆頭だな。血行を促進するからこそ、末端の冷えが解消され、さらに健胃、整腸といった消化器への効果もより強く表れるわけだ」

芹沢は、食後の熱いチャイを啜り、少し困り顔で相づちを打った。

「な、何か、学校の授業聞いてるみたい。っつか、そんだけ知ってたら、俺に訊くことなんかないじゃないですか」

「別に、お前に知識を求めているわけじゃない」

相変わらずストレートに失礼なことをハキハキ言い、しかもそれが失礼であることに気づきもしない様子で、透は話を続けた。

「僕は、簡単に摂取できるほうがいいだろうと、サプリメントで開発できるよう研究を進めていたんだ。適切なスパイスの選定も済んでいる」

「あー、身体を温める系のスパイスを取り合わせて、固めちゃうわけですか、サプリってことは」

「いや。確かに粉末から錠剤を作るなり、抽出成分をソフトカプセルにするなり、方法はあるんだが……」

「駄目なんですか?」

素朴な疑問を口にする芹沢に、透は酔いで目元をうっすら染めながらも難しい顔をした。

「別に駄目ではない。ただ……今ひとつ、インパクトに欠ける」

「インパクト?」

「まったく目新しくないし、サプリの状態だと、効果が発揮されるまでにそれなりに時間がかかる。こういうものは、インスタントに効果が出てこそ、また買おうと思うものではないだろうか。そんな懸念が生じてきてな」

「ええっと……表現が賢すぎて頭がウニョってなるんですけど、つまり……」

せっかく綺麗にセットした髪を両手で乱してしまいながら、芹沢は考え考え言った。

「つまり、口に放り込んで、速効で『うわあ、温まってきたぁ!』って感じじゃないと、それが効いた気がしなくて、ありがたみが薄いってことですよね?」

「……そうだ。お前は平易な表現が上手いな」

大真面目な顔で褒めてくれる透に、芹沢は思わず苦笑いする。

「俺、自分が頭よくないですからね。平たい表現じゃないとわかんないですから。……って、確かに、サプリでもカプセルでも、やっぱ、胃で溶けて効果が出るのに、時間かかっちゃうもんですかね」

「そうだな。スパイスの成分が胃粘膜、あるいは腸粘膜から吸収されてこそ、だからな」

「なるほどー。じゃあやっぱ、飲み食いするもんですかね。……だけど、正直俺のカレーみたく、スパイス料理のレトルトとかは、けっこうありふれてますし」

酔いのせいで頭が重いのか、透は軽く頬杖《ほおづえ》をつき、もそもそと頷く。

「そうなんだ。それではありきたりすぎるし、オフィスや学校では食べられる場所や時間帯も限られる。もっと気軽に、手軽に、しかも効果が即座に実感できる形で摂取できるような……」

「しかも、それなりのインパクトがあるもの?」

「そうだ」

「うはあ。やっぱ、頭のいい人の悩みは、すっげー難しいなあ」

両手を頭の後ろで組み、背もたれに遠慮なく身体を預けた芹沢は、それでも一生懸命考えて、再び口を開いた。

「それってやっぱ、飲み物じゃないですか？　チャイ的な？　ああでも、それもけっこうありますよね、チャイのペットボトルとか」

「チャイではもはや、安直すぎる。というか、チャイで身体が温まるのは、現時点の商品では生姜を大量投入しているからだ。だが、我が社が生姜を前面に押し出すのは、どうにも不都合だ」

「あー。あのN社みたいな？」

透は苦々しく頷く。

「そうだ。N社が生姜の独占企業だからな。あそこのフォロワーと思われることは避けたい」

「はー。そりゃ難しいな。まあ、あっつい飲み物なら、身体を温める系のスパイス、何を入れても効果は出ると思いますけど、でも……夏っすよね」

透に釣られて、芹沢まで眉間に滅多に寄せない縦皺を刻んで考え込む。

「そうなんだ。いくらクーラーで冷えるといっても、積極的に熱い飲み物に手が伸びるというわけではないだろう」

「そんじゃ、冷たい飲み物で、身体は温まる？　ちょっとややこしいなあ、それ」

「そうなんだ。なかなかいいアイデアが浮かばなくてな。正直、行き詰まっている。今日、ここの料理からヒントを得られないだろうかと思ったが、そういう上手くはいかないな。

そこで、頼りは……」

「まさか、俺っ？」

「いささか頼りないが、そういうことになるな。僕が知っている人間の中で、スパイスの勉強をしているのはお前だけだからやむを得ない」

ここに梅枝がいれば、「お前、失礼すぎ」とやんわり窘《たしな》めただろうが、アルコールのせいで率直さに輪が掛かってしまった透には、自分の発言の無礼さには気付けそうもない。

一方で、真っ赤な顔をした芹沢も、若干貶《けな》されたことなどさっぱりスルーして、うわー、と唸った。

「じゃあ、何かいいアイデア出さなきゃ。俺、毎日カレー食ってもらって、いっぱい勉強させてもらったのに、加島さんに何も恩返しできてないもんなあ、現時点で」

「恩返しなど、してもらうほどのことは何も……」

「してくれてますよ、十分。そうだな。商品、一つじゃなきゃいけないんですか？」

「……いや？　別にそういうわけでは。ある程度のラインナップを組むことも、インパクトを大きくするためには効果的だろう」

「だったら……」

もちゃもちゃとゼリー菓子を咀嚼し、ローズウォーター独特の風味に変な顔になりながらも、芹沢は訥々《とつとつ》とした口調で言った。

「本当に効果があるのはサプリ……ですよね？」

「そうだな。薬効成分を濃縮することができるから、効果は高い。ただ、消化器粘膜に負担をかけないようにする配慮が必要だし、効果を実感するには少し時間がかかる。ある程度の数をパックするから、価格も食品に比べれば高めになるな」

「あ、それはでかいですよね。せいぜい二百円までですもん、気軽に試そうかなって思うの」

「……ふむ」

「だったら、そのサプリを本命に据えて、そこに至る道をつけるっての、どうですかね」

「道をつける？」

　思いがけない提案に、透の酔眼がきらりと光る。

「そうそう。安くてコンビニで気軽に買えるアイテム……食べ物か飲み物がいいと思うんですけど、それでスパイスの風味とか効果とかをお手軽に感じてもらって、さらにサプリで効果アップ！　みたいな広告をパッケージに打って……って」

「なるほど！」

「ほら、食べ物屋さんでよくやるでしょ。ご試食どうぞ～って。あれと似たような方法だと思うんです。まず口に入れてもらって、気に入ったら買ってもらって、そんで他のもどうですか、みたいに広げていくのがセオリーですもん」

「確かにそうだ。やはり今日、お前と食事をしたのは大正解だったな。新しいスパイスを知ることができたし、スパイス料理の奥深さも知った。そして研究における大きなヒントももらった。素晴らしい」

表情は「微笑」レベルから動かないが、その少し上擦った声や、眼鏡の奥の目の輝きで、芹沢には透がとても喜んでいることがわかる。

「ホントですか？　よかった。無理矢理誘っちゃったんで、悪かったかなって思ってたんですよ」

「そんなことはない。……だが、その呼び水になるアイテムとは、具体的にどのようなものを想定しているんだ？」

一緒になって喜んでいた芹沢は、その質問に「あ」と小さい声を上げ、真っ直ぐな眉を情けなく下げた。

「あー。そうか。それ、まだ思いつかないっす。でもほら、若い女の子が対象で、値段が安くて、気軽に試せる食べ物か飲み物。……うーん。オフィスだと、食べ物がいいかもですね。飲み物は、コーヒーサーバーとかでまかなえちゃったりするかもだし」

透は、やはり頬杖をついたまま、シャープな頬を指先でとんとんと叩く。

「ふむ。しかし食品は……」

「ですね。オフィスでレトルトってのは食べにくそう。インスタント食品も、熱湯入れるとか考えただけで、夏は鬱陶しいし。あ、そうだ。せっかく女の子がターゲットなんだから、スイーツは？　夏でもスイーツはもりもり食いますよ、女の子って」

透の口から、小さな溜め息が漏れた。

「なるほどな。安価で、ポーションが小さくて、気軽に試せるスイーツ、か。大いに参考になった。本当にありがとう。それにしても……」

透は眼鏡を指先で押し上げながら、少し物言いたげな目つきで芹沢を見た。決して零《こぼ》れそうに大きな目というわけではないのに、透の目には不思議な力がある。少し黒目がちだからかもしれない。

芹沢は、その視線に不穏なものを感じて、軽くのけぞった。

「な……何ですか？」

「女の子はスイーツが好き……と断言できるあたり、お前も女性経験が豊富そうだな。さっき、僕に待っている人がいるかとか何とか聞いていたが、お前こそ僕と食事なんかしていてよかったのか？　誰か待っている人がいるんじゃないのか？」

少し意地悪な口調でそう問われ、芹沢は顔を赤らめて両手を振った。

「じょ、女性経験が豊富って……んなわけないじゃないですか。見りゃわかるでしょう」

「そうか？　カレーを買いに来る女性たちの中には、お前が目当ての子たちもいるようだが」

「まさか！　つか、俺、今ちょっと女の子不信なんですよ。三年付き合った彼女に、二年間二股《ふたまた》掛けられてたことが発覚して、別れたばっかなんで。……つってももう、半年前か。早いなあ」

最後は独り言のように付け足した芹沢に、透は酷く訝しげな顔で小首を傾げた。

「二股？　つまり、もう一人交際相手がいたということか」

芹沢は、こくこくと何度も頷く。

「そうそう。酷いでしょ。それも俺の知ってる奴だったんですよ。二人して、ずーっと俺を騙《だま》してたわけ。気付かなかった俺も相当馬鹿《ばか》ですけどね。で、どっち取るんだって迫った挙げ句、俺が捨てられたってわけです。あーあ、ホントは、いつか二人でカレーの店持って、なんてロマンチックなこと、ちょっとは考えてたのになあ」

感情豊かに嘆く芹沢とは対照的に、透は心底怪訝そうに言った。

「つまりお前は、二股を掛けていた彼女を腹立たしく思っているわけか」

あまりにもとぼけた質問に、芹沢は呆気に取られた顔つきで、透をまじまじと見る。

「そりゃ、当ったり前でしょ。二股ですよ？　普通怒りません？」

「……立ち入ったことを訊くが、お前はその彼女に、将来を約束していたのか？　そのカレー屋云々は別にして、結婚という意味で」

「あ、いや。そのへんは俺が勝手に妄想してただけで、具体的に結婚とかそういう話は、したことなかったです」

「だったら、腹を立てる筋合いではあるまい」

透はきっぱりと言いきり、芹沢はビックリして今日何度目かに目をまん丸にした。

「は？」

透は頬杖を外し、厳しい口調で言った。

「ただ『つきあっている』だけの関係では、将来はまったく不透明な状態だ。そうだろう？」

「えっと……まあ、はあ」

「それなのに、人は往々にして一対一の関係をさも当然のように主張する。それこそ馬鹿げているとは思わないか？」

「ええっ？　いや、あの、ええと」

「婚約した時点で、契約が成立する。それ以降は、一夫一婦制という日本の結婚制度が遵守されるべきだ。だが、単に『つきあっている』という関係で、相手が何人と交際しようと、お前に咎《とが》める権利はないだろう。まだ契約前なんだからな」

「う……うは……」

「僕は間違ったことを言っているか？」

真正面から詰問された芹沢は、目を白黒させ、少し悔しそうに言い返した。

「間違って……はない気がするけど、でもなんかモヤッとするなあ。じゃあ、加島さんはどうなんです？　結婚……は、してないのかな。指輪、ないから」

「結婚指輪をしない男は少なくないだろう。まあ、確かに僕は独身だが」

「じゃあ、恋人は？」

「いない。……というか、特定の相手を持つ必要が理解できない」

「えっ？」

「だってそうだろう。優秀なオスがハーレムを形成して多くのメスと子孫を残す、というのが自然界でいちばん合理的なシステムだ。それを人間に適応しろとは言わないが、恋人などという不安定かつ意味のない言葉で、相手を縛る必要はないし、自分も縛られたくない」

「っていうと？　も、もしかして、色んな相手を取っ替え引っ替え、やりたい放題!?」

その不名誉な疑惑に、透は嫌そうに顔をしかめる。

「婚姻という枷《かせ》を選択しないなら、それも許容される行為だ……と思ってはいる。僕自身は、そんな面倒なことをしたくはないが。……どちらにしても、君だけだ、なんて言葉には意味などない」

「………」

「人はすぐに約束をするが、それがきちんと守られる保証などないだろう。明日になれば状況が変わって、約束を果たすことが不可能になるかもしれない。だから僕は約束などしないし、誰かが口にした約束も信じない。この世に、確かなものなど何もないんだから」

「……えー……。賢い人は、ホントに難しいこと考えるなあ」

透の主張を聞くうちに、芹沢の顔に一瞬浮かんだ苛立ちの芽はあっさり消え、代わりに、どこか途方に暮れたような表情が広がっていく。透はやはり尖った声で訊ねた。

「お前は違う考えなのか？」

「違うっていうか、何ていうか……。考え方は人それぞれだから、加島さんがそう思うんなら、加島さんの中ではそうなんだろなって思います」

「……何か引っかかる言いようだな、それは」

「す、すいません。でも……んー。正直、何もかも、そんなふうに理詰めで片付けられるわけじゃないと思うんですよ」

「そうか？」

「確かに、理屈ではそのとおりなんだろうなって思うんですけど。でも俺は、好きな人ができたらまっしぐらなタイプなんで、できたら相手にも自分だけでいてほしいな～とは思います」

「ほう。意外と古風なタイプなんだな」

「まあ、それは俺の勝手な気持ちなんで、確かに無理強いはできないですけどね。だけど、法律やら何やらで縛られてなくても、つきあおうよって言うときは、少なくとも俺は、相手のことをとびきり大事に思ってますよ」

「だが、それは永続的なものとは限らない」

「そりゃそうですけど！　でも……そんときの気持ちは本物で、そのことが大事なんじゃないかなあ。たとえば明日ふられるとしても、今日、相手が心から俺が好きだって言ってくれたら、俺、そのことを凄く嬉しいと思います。ふられたら悲しいけど、でも好きって言ってもらえたことは、いつまでだって嬉しいですよ」

「……僕とお前のスタンスは、まるで反対だな。同意に至ることはなさそうだが、興味深い」

「あー、それだってわかんないですよ。だって、確かなものなんてないわけでしょ。加島さんが、明日になったらころっと考え変えてるかもだし！　逆も……あんまあってほしくないけど、あるかもだし。それに、そもそも、加島さん、俺には約束してくれてるじゃないですか」

「僕が？」

「そう。カレー買いに来てくれるたびに、絶対言うでしょ、『また明日』って。あれ、俺的には、俺と加島さんの約束ですよ」

「うっ……。そ、それは」

痛いところを突かれて、透は口ごもる。その素直な戸惑いぶりに、芹沢はニカッと笑った。

「ね？　何にだって例外はあるし、確かなものなんて何もないってのも、いいほうに解釈することができますって。そんな悲観的になっちゃったら、人生つまんなくないっすか？」

「……お前は、楽天的すぎる。そんなおめでたいことを言っているから、こっ酷くふられるんだ」

透は憎々しげに口元を歪め、せめてもの反撃に出る。「あいたッ」とおどけた仕草で心臓のあたりを押さえてみせた芹沢は、挑むような顔つきで言った。

「よーし、そのあたり、スパイスの話と共に、もっと話し合いましょう！　二次会は居酒屋！　行きますよッ」

「は？　二次会なんて聞いてな……」

「いいから！　この店は繁盛してるんですから、いつまでも居座っちゃ迷惑だし。場所変えましょう。俺、まだまだ話し足んないですし！　二次会の話題は、コイバナ！」

すっくと立ち上がった芹沢は、唖然《あぜん》としている透の腕を取ると、無理矢理立たせた。

「ま、待てっ。僕はその、何だ……コイバナなど、する気はない。それに酒はもう……ッ」

「いいからいいから！　今夜はとことん飲みますよー！」

店のレジへと引きずられながらも、透は必死の抵抗を試みる。だが、芹沢の勢いは少しも衰えず、透はとうとう店の外へと連れ出されてしまったのだった。

＊　　＊

芹沢が「二次会会場」に選んだのは、スパイス料理専門店からほど近い、ごくありふれた居酒屋のチェーン店だった。

ろくな料理がないのはわかっていたが、もう二人とも満腹で、これ以上食べる気はなかったからだ。そこで、簡単なつまみだけを頼み、あとはただもうひたすら飲んで語ることに専念することにした。

最初の一杯こそ、「酒はもう駄目だ」とソフトドリンクを注文した透だったが、早速再開された、芹沢曰《いわ》くの「コイバナ」、つまり交際中の男女のモラルのあり方について討論が始まると、すぐに飲まずにはいられない気分になった。

食事中の飲酒で、すでに自制心が緩んでいたこともあり、彼は二杯目からはチューハイを頼み始めた。出来合のフルーツフレーバーではなく、生の果実をみずから搾《しぼ》るシステムが気に入ったらしい。

そんなこんなで、二人して議論を戦わせつつ、まさに痛飲した結果……。

芹沢は、文字通りへべれけに酔った。

自分の足で店を出た覚えがない。

ただ、断片的な記憶はあり、透に抱えられてみぞれで濡れた道をヨロヨロ歩いたこと、タクシーに押し込まれ、家はどこだと問われて「忘れた！」とゲラゲラ笑いながら答えたことはかろうじて覚えている。

そして……。

靴を乱暴に脱がされた刺激で、芹沢はぼんやりと意識を取り戻した。脳がアルコール浸しになりすぎて、身体の自由がきかない。指一本動かすのも大儀で、頭がぼんやりする。

「くそっ、重い」

そんな悪態をごく近くで聞いたと思うと、腕を引っ張られ、グイと抱え込まれて、芹沢はよろめきながら立ち上がった。

（あれ……？　ここって、俺んち……じゃない、かも）

芹沢は自宅であるアパートの一室でカレーの仕込みをするので、玄関を入るなり、カレー粉の匂いが漂ってくるのが常である。

しかし、今、彼が吸い込んでいる空気には、カレーの匂いはなかった。ふがふがと鼻をうごめかせながら、芹沢は怪しい呂律《ろれつ》で呟く。

「はれ～？　ここ、どこ……？」

「…………」

だが、答えはなく、半ば背負われるようにして、芹沢は両足を床についたまま、ずるずると滑らかな床の上を引きずられていく。

胸元に感じる温もりと、鼻先をくすぐる髪の感触。

「ん……？　かしま、さん……？」

「…………」

やはり返事はないが、さっきの声は、確かに透のそれだった。どうやら透が、酔い潰れた芹沢を自宅へ連れ帰ってくれたらしい。

（うは……加島さん、酒強ぇなあ……俺と同じくらい、飲んでたはずなのになあ）

そんなことをぼんやり考えていると、身体が急にふわりと宙に浮いたと思うと、すぐさま柔らかいものの上に背中が落ちる。

「……あ……ふと、ん……？」

「ベッドだ、馬鹿」

つっけんどんな言葉が聞こえたと思うと、両脇に手を差し入れられ、ぐいと引っ張られた。全身がベッドに載り、柔らかいが弾力もあるマットレスを身体の背面いっぱいに感じる。

「うあ……きもちい……」

芹沢は思わず呻くような声を漏らし、ふうっと息を吐いた。全身、どこにも力が入っていないというのが、これほど気持ちいいと思ったことはない。果てしなくずぶずぶと沈んでいきそうな重い身体をマットレスに預け、安堵の溜め息をつく。

（あー……すっげ寝心地いい、加島さんちのベッド）

そのまま芹沢は、安らかな眠りに落ちてい……く、はずだった。

しかし。

シュルッという鋭い音に、芹沢の意識は再び浮上した。散漫な意識の隅っこで、ネクタイを引き抜かれ、ワイシャツの襟を緩められたのだと認識する。

（加島さんって……面倒見、いいよなあ）

酔っぱらった頭で感心していると、ワイシャツのボタンが外されるのがわかった。ついでに、ベルトも外され、パンツの前立てもくつろげられる。

そこまではよかった。

だが、マットレスが軋《きし》み、芹沢の身体は軽く傾いた。透がベッドに上がってきたのだと理解した次の瞬間、腹部に強い圧を感じ、芹沢は苦悶《くもん》の声を上げる羽目になる。

「うっ、な、な……に!?」

もう満腹ではないにせよ、まだ胃袋には夕食が残っている。そこを圧迫され、息苦しさに酔いが少し醒《さ》めた芹沢は、目を開き……そして、驚愕《きょうがく》した。

寝室らしき室内には、灯《あか》りがついていなかった。おそらく、芹沢を背負っていたため、点灯する余裕がなかったのだろう。だが、廊下からの光のおかげで、視界はクリアだ。

芹沢の目に映ったのは、信じられない光景だった。ワイシャツがはだけられ、Tシャツが露《あら》わになった自分の腹に、透が馬乗りになっていたのだ。

わずかにネクタイを緩め、ワイシャツの一番上のボタンだけを外した透は、ジャケットすら脱がないまま、芹沢の顔を見下ろしていた。

その両手がTシャツを捲《まく》り上げ、自分の腹から胸を露わにしていくのを、事情の飲み込めない芹沢は、ただ呆然と見ているしかない。

「か……しま、さん……?」

芹沢の綺麗に盛り上がった大胸筋を撫で回す透のヒンヤリした手は、明らかな意図を持って動いていた。赤い舌が、ちろり……と薄い唇を舐《な》める。

「な……ん、で……?」

透の普段は能面のように冷たい顔が、今はアルコールのせいで薄紅色に染まっている。いつもは刃物のように鋭い目も、半ば夢心地でとろんとしている。

(あ……眼鏡外した顔、初めて見た)

眼鏡を外したのか、あるいは芹沢を運ぶときに落としてしまったのか、今の透は裸眼だった。しかも、いつもきちんとセットしている髪が乱れ、妙に淫靡《いんび》な雰囲気を纏っている。

(凄く綺麗な顔した人なんだな……って、そういうことじゃなくて!)

「……うあっ」

さんざん芹沢の胸の感触を確かめてから、透はいきなり上体を屈めた。そして、寒さで固くなった小さな尖りを、いきなりねっとりと舐め、唇で強く吸い上げる。

その淫《みだ》らな行為は、彼がこれからしようとしていることが何かを、芹沢にハッキリと悟らせた。半ば反射的に、芹沢は透の両肩を摑《つか》み、その身体を引きはがそうとした。

いつもの芹沢なら、それは容易いことだっただろう。だが、泥酔しているせいで、芹沢の身体は主の言うことをきかない。ゆっくりと顔を上げた透は、宙を泳いだ芹沢の両手を、いとも簡単にまとめて摑んだ。

「……っ、ちょ、加島、さんってば」

焦って上擦った声を出した芹沢をやはり熱っぽい目で見下ろし、透は独り言のように言った。

「事故でいいじゃないか」

「……は？」

「お互い泥酔して、弾みでこういうことを一度やってしまったところで、どうということは……ないだろう」

「いや、あの、えっ？　加島さんって……こっちの、人？」

透は酔眼をゆっくり瞬《またた》いて、その問いを肯定する。

「でも……俺は、違……」

「何ごとも経験だ。……新しい世界が開けるかもしれないぞ」

「んな、馬鹿な……って、あっ、ちょ、何……ッ」

慌てる芹沢を裏切り、彼の身体はやはり動かない。そんな芹沢の両手を、透はベッドの上に放ってあった芹沢自身のネクタイで器用に縛ってしまった。一張羅のシルクのネクタイが手首に食い込むじんわりした痛みに、芹沢は思わず声を上げる。

「だが……もしやってみて不快だったら、僕に無理強いされたと主張していい。このネクタイが、証拠になるだろう」

呂律は限りなく怪しいが、透の言葉は極めて理論的、しかし横暴そのものだ。

なすすべもなく両手を縛《いまし》められてしまった芹沢は、半ば魂を抜かれたような心持ちで、ゆっくりと覆い被《かぶ》さってくる透を凝視していた。

「……ッ」

アルコールのせいで熱い舌が、芹沢の耳をくすぐり、首筋へと降りていく。くすぐったさと同時に、電流が下半身に向かって走るような不思議な衝撃に襲われて、芹沢は息を呑《の》んだ。

（な……んだ、この感覚。これって……）

戸惑う芹沢の思考は、カリリと鎖骨に歯を立てられる痛みで中断される。

芹沢のウエストを挟みつけるように膝立《ひざだ》ちになった透は、両手で丹念に芹沢の身体を探った。それはまるで、皮膚の上から張りのある筋肉の走行、そして骨の太さを確かめるような執拗《しつよう》さだった。

細い指先は蔦《つた》のように芹沢の身体を這《は》い回り、尖らせた舌先は、ヘビのように絡みついてくる。むず痒さと、時折白い歯によって与えられる鋭い痛みが、怖いほど芹沢を昂《たか》ぶらせた。

(嫌がる……べき、なんだろうな。俺、こういう趣味ない……はずだし)

あまりの驚きに、芹沢の身体はともかく、脳だけはかなり覚醒《かくせい》してきたらしい。ようやくまともな思考が戻ってくる。

だが、自分でも信じられないことに、「やめろ」という拒否の言葉が、芹沢の口から飛び出すことはなかった。透の手と舌と歯に翻弄《ほんろう》されるうち、全身を巡っていた血液が、下半身の一点に集中しつつあるのを自覚してしまったからだ。

それは、男なら誰でも知っている状態……みずからが欲情している何よりの証だった。

(だって、こんな加島さん、見たことない。ホントにこれ、加島さん……なのかな)

「……暑いな」

エアコンが入っていないにもかかわらずそう呟いた透は、やはり自分の身体で芹沢の動きを封じたまま、乱暴にジャケットを脱ぎ、力任せにネクタイとワイシャツを自分の身体から剝《は》ぎ取った。カランという乾いた小さな音がしたのは、外し損ねたワイシャツのボタンが飛んでしまったせいだ。

タンクトップすら脱ぎ捨てた上半身裸の透は、スーツ姿からは信じられないほど儚く見えた。骨格はしっかりしているものの、その肌は抜けるように白く、肉付きが薄い。

決してガリガリなわけではないが、余分な肉は一欠片もなく、鍛えるという言葉には無縁の筋肉は、どこか少年めいた危ういしなやかさを保っていた。

「加島、さん……っ」

思わず呼びかけた芹沢の声に応えるように、透は半眼のまま、怪しく笑った。その、普段の目に見えない鎧を脱ぎ捨てた姿は恐ろしく扇情的で、同性に興味のないはずの芹沢も、思わず生唾《なまつば》を飲んだ。

すると透は、含み笑いのまま、視線を真下に向けた。

芹沢は、羞恥《しゅうち》に思わず顔を背ける。パンツの前をくつろげられた股間《こかん》では、節操のない彼の楔《くさび》が、遠慮なく下着を持ち上げて自己主張していたのだ。

「……泥酔していても、男相手でも、立派に勃《た》つんだな。優秀じゃないか」

からかうようにそう言って、透は容赦なく芹沢のトランクスを引き下ろしてしまう。途端に頭をもたげたものは、早くも先端を透明な露《つゆ》で濡らしていた。

「だ……って、加島さんの触り方が……いちいちエロ……うわあぁッ」

芹沢の必死の弁解は、無情にも断ち切られた。透は芹沢の膝のあたりににじって移動したと思うと、勃ち上がってはいるものの、まだどこか頼りない芹沢の欲望に片手で触れた。そして、何の躊躇《ちゅうちょ》もなく、熱い楔を口に含んだ。

「まっ……ま、ま、待って……んな、こと……！」

女性にすら口で愛撫《あいぶ》されたことなどない芹沢は、すっかり動転してしまった。だが、両手を縛られているせいで、透を上手く押しのけることができない。

「心配するな。嚙み切りはしない」

先端を口に含んだまま、透は不明瞭《ふめいりょう》な口調であっさりと言った。舌と唇の動きで刺激され、正直すぎる芹沢のものは、ドクンと震え、その質量を増す。

「そ……んなことを、心配してるんじゃ、なくてっ……汚いから、あっ、は」

芹沢は必死で頭をもたげ、透を制止しようとする。だが、ほぼ真正面で彼の股間に屈《かが》み込み、片手と口で芯を、もう一方の手で張り詰めつつある双珠を愛撫する透の姿に、さらに興奮の度合いは高まっていく。

普段は引き結ばれた透の唇は、芹沢の零す露と自らの唾液《だえき》で濡れ、その目は上目遣いに、熱に浮かされたような虚《うつ》ろさで芹沢を見ている。

ドクン、ドクン……と、恐ろしいほどの勢いで、透の口の中にあるものが脈打つのがわかった。唇をすぼめ、舌を絡めて擦《こす》り上げられるたびに、それは明らかに固く、大きくそそり立っていく。

驚きや恐怖はいつしか心の片隅に押しやられていた。芹沢はただひたすら、未だに信じられない透の嬌態《きょうたい》に魅入られ、自身に与えられる、これまで知らなかった強い快楽を味わうばかりだ。

そして……。

「頃合い……か」

やがて濡れた音を立て、芹沢から口を離した透は、ゆっくりと身を起こした。そのまま、サイドテーブルの抽斗を開け、何かを掴み出す。

それは、小さなコンドームの袋と、使いかけのローションのボトルだった。

「ま……じ、で、やるんですか……っ？」

ここまできて「マジで」もないものだが、もしや、自分が後ろを使われるのかという恐れが、芹沢の胸を過ぎる。いくら、自分でも不思議なくらい嫌悪感がないとはいえ、さすがにそこまでの覚悟は、今の彼にはない。

だが、それが杞憂であることを、彼はほどなく知ることになった。

パンツを下着ごと脱ぎ捨てた透は、慣れた手つきでローションを自分の手に垂らした。そしてやはり膝立ちのまま、ローションを絡めた手を後ろに回し……そして、指先をみずからの後腔に差し入れたのだ。

「ん……っ、ふ、う……っ」

押し殺した喘《あえ》ぎを漏らしながら、透は少し苦しげに指を抜き差しする。

その姿を見ているだけで、芹沢は自分の心臓が早鐘のように打つのを感じた。触れられず、放置されているはずの楔に、ますます熱が集まり、痛いほどだ。

「……待たせたな」

後ろを性急に馴らした透は、再び芹沢の腰に馬乗りになった。

「あ、あ、あの、加島、さん、もしかして」

「挿《い》れる」

簡潔に宣言して、透は限界寸前まで張り詰めた芹沢のものに手を添えた。そして、ゆっくりとその切っ先めがけて、腰を下ろしていく。これまで経験したことのない淫らな行為に、芹沢はただもう裂けんばかりに目を見開き、硬直しているしかない。

そして……透の後腔は限界近くまで押し広げられ、芹沢の燃えるような芯を、身体の深いところへと受け入れる。

「うあっ……！」

情けなく思う余裕もなく、芹沢は悲鳴じみた声を上げた。

女性のそこが温かく包み込むようであるのに対して、透の後腔は酷く狭かった。熱さは女性と変わらなくても、芹沢を優しく迎え入れるのではなく、粘膜の筒でギリギリと締め上げるような厳しさだ。拒まれているのか受け入れようとされているのか、さっぱりわからない。

「き、きつ……い、です」

思わず訴えた芹沢に、こちらも苦悶の表情を浮かべた透は荒い吐息混じりに言い返してくる。

「こっちだって……きつい……ッ。だが、悪くはない……だろう？」

「ない、ですけどっ」

「いいはずだ。……あの人も……思いがけずよかったと言っていた」

「……え……？」

（あの人って……誰だ……？）

うわごとのように透が漏らした言葉を、芹沢は聞き咎めた。だが、それは誰のことかと追及する余裕は、すぐに霧散した。

何度か腰を小さく揺すり、切なげに息を吐いてつらそうにしながらも、透はついに芹沢をすべて体内に納めたのだ。うねる粘膜にきつく扱《しご》かれ、しかも透が小刻みに腰を揺らし始めると、痛みすれすれの凄《すさ》まじい快感が、股間から背筋を駆け上がる。

「あっ……は、ん、んんッ……」

小さな声を上げ、両手を芹沢のたくましい胸について上半身を支え、透は徐々に腰の動

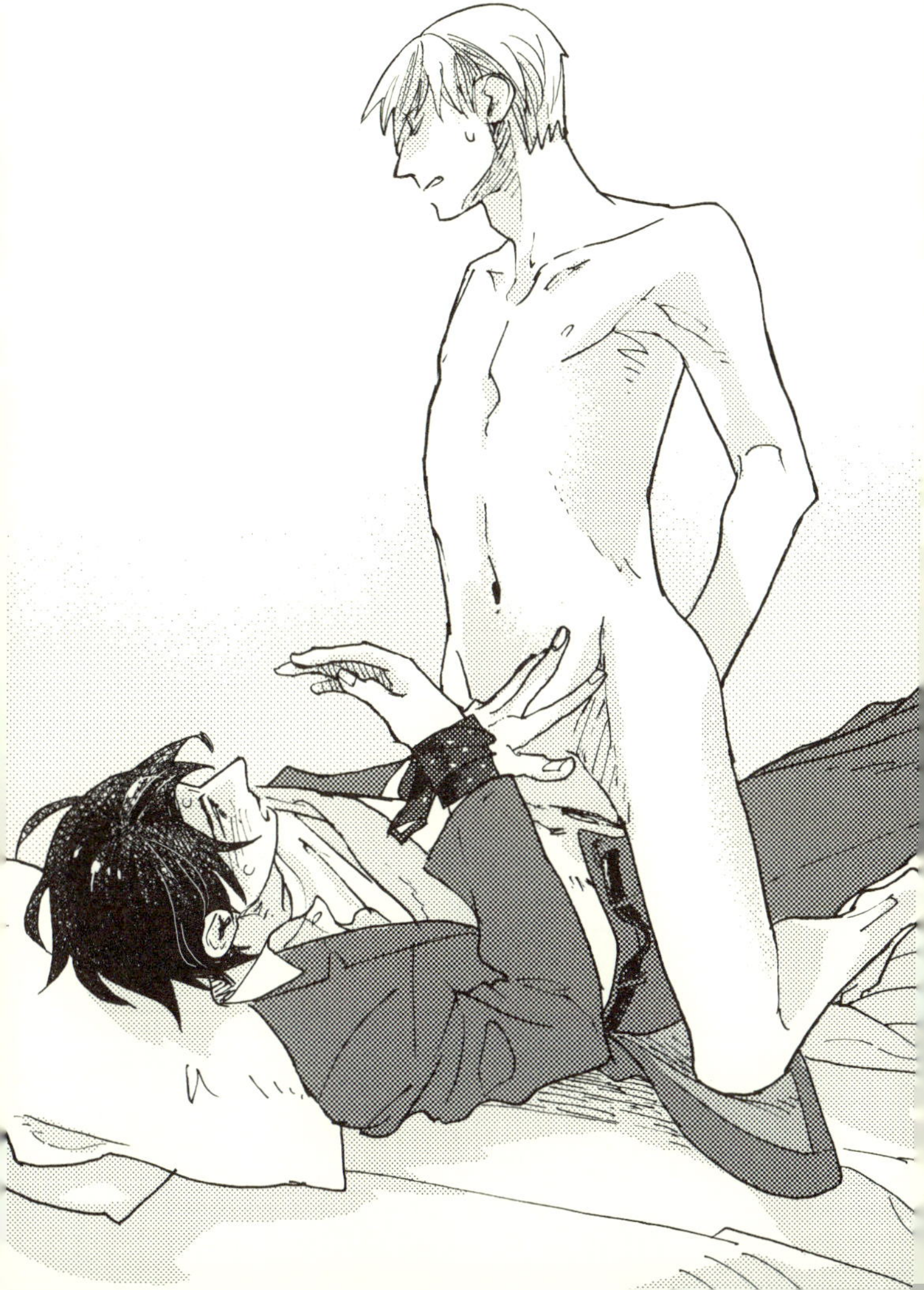

かる。


きを激しくする。

芹沢と同じ苦痛を感じているのか、透の目尻には、うっすら涙が滲んでいた。しかし、つらいばかりでないことは、彼の楔もまた、触れられなくても勃ち上がっていることでわかる。

「ん、う、うっ……」

押し殺した喘ぎ声と、芹沢の胸の上に滴る汗。アルコールのせいだけでなく、欲望で上気した頬と、半開きの唇。それらを目の当たりにして、芹沢は素直な賞賛の目を見張った。

（たまん……ないな）

しなやかに動き続ける透の姿は、痛々しくも優美な獣のようで、芹沢は自分でも理解できない庇護欲《ひごよく》と嗜虐欲《しぎゃくよく》に息を弾ませる。

「ん、あ、はあっ……あッ！」

翻弄されるばかりだった芹沢も、自分を包む後腔の締まり具合で、透の感じるポイントを悟り始める。快楽を散らそうと透が動きを止めるタイミングに合わせ、わざと下から突き上げると、透の口からは高い声が上がった。芹沢の胸に突いた両手の指にぐっと力がこもり、肉付きの薄い上半身が頼りなく揺れる。

「……っ！」

そのイレギュラーな動きに思わぬ強い刺激を受け、芹沢は全身を震わせた。

「まだ……まだ、だっ」

だが、勝手な吐精を許さず、透は再び主導権を握り、ひときわ激しく腰を振り始める。

「あ……ふ、くっ」

いくら制止されても、頂は目前に迫っている。追い上げられるままに、芹沢はすべてが白くスパークするその高みまで、一気に駆け上っていった……。


(うっかり……すげえ、よかった)

あまりにも快感が大きすぎて、熱を吐き出した後も、芹沢はベッドに横たわったまま動けずにいた。透のほうも、その体内に芹沢を飲み込んだまま、彼の胸に突っ伏している。

互いの荒い息づかいと、密着する汗ばんだ胸。頬をくすぐる透の髪からは、シトラスの爽やかな香りがした。

男どうしの行為というのは、女性とのそれのように、ロマンチックで甘いばかりではないのだ……と、芹沢はしみじみ感じていた。

きつく食い締められ、擦り上げられるあの刺激は、愛撫というよりもまるで攻撃だった。手首を縛られるというハンディを負わされ、最初こそ無理矢理であったものの、芹沢は途中から確実にその気になっていた。

透に挑まれた勝負を受けて立ち、透に欲情し、苦痛と快楽を分かち合い、互いの身体をいていた。


隙間なく繋げたのだ。勝敗はわからないものの、それは限りなく濃密な時間だった。芹沢は今、透に対してとても近しい……おそらくは愛情と呼んでもいい温かな感情を抱いていた。

(それにしても……)

芹沢は、顔の前に縛られた手を持ってきた。

かなりきつく縛られたのか、ネクタイは少しも緩んでいない。行為の間に擦れた手首は赤く腫《は》れ、ひりつくように痛んだ。血行が止まるほどではないにせよ、そろそろ解いてほしいところだ。

その望みを口に出そうとした芹沢は、あることに気付いてギョッとした。

自分の上に突っ伏したまま動かない透の背中が、細かく波打っているのだ。そして、芹沢の耳を打ったのは、低い嗚咽《おえつ》だった。

「加島さん……?　泣いてる?」

「……んか……いな、い」

微かに答える声が、痛々しいほど震えている。芹沢は、オロオロして問いかけた。

「嘘だ。泣いてるじゃないですか。もしかして、どっか痛いとか……。そうだ、そりゃ俺より、加島さんのがつらかったですよね。あの、俺、いい加減抜い……」

「黙れ」

芹沢のすべてを突っぱねるように吐き捨て、透はゆらりと身を起こした。泣いていないといった癖に、そのほっそりした頬は涙で汚れている。

「どこも、痛くなど……っ」

自分を見つめる芹沢の視線を受け止めかねて、透は顔を背けた。だが、その瞳から涙はとめどなく溢《あふ》れ、芹沢は、主を案じる忠犬のような声音で囁《ささや》いた。

「加島さん……。泣かないで」

「泣いてなど……いない！」

「泣いてる。凄く泣いてる。……ねえ、理由は知らないですけど、目の前でそんな悲しい顔されたら、俺、どうしていいかわかんない」

「お前にどうこうしてほしいなど、言った覚えは……」

「なくても、俺が何とかしたい。加島さん、これ外して」

懇願するようにそう言って、芹沢は透の前に縛られた両手を突き出した。ネクタイを外してもらえれば、起き上がって透の髪を撫でてやることもできるし、肩を抱いてやることもできるし、涙を拭《ふ》いてやることもできる。

透が行為の後にこんなふうに泣く理由は理解できなかったが、とにかく、彼が悲しんでいるのをただ見ているだけという現状に、芹沢は耐えられなかった。

だが、透は頑固にそれを拒否した。

「嫌だ。触れてごまかされるなんて……僕はもう、嫌だ。好きだと……言ったのに。大事だからと触れたのに。そんなのは……全部、全部嘘だった。もう二度と……誰も、信用するものか」

まだ、酒のせいで意識が混濁《こんだく》しているのだろう。透はうわごとのようにそう言い、激しく首を振った。

「僕が泣いても、お前には関係ないだろう。放っておいてくれ」

「んなこと言われたって、この状態で関係ないとかありえないし……！　ああもう、仕方ないなあ」

何一つ事情を知らされなくても、透の悲しみや寂しさが、肌を通して芹沢の胸に響いてくる。どうしていいかわからず、しかしいてもたってもいられずに、芹沢は縛られた両手首を透のうなじに回した。そのまま、不自由な腕で透をぎこちなく抱き寄せる。

「…………ッ」

透は抗ったが、さすがに芹沢の酔いはかなり醒め、身体にも力が戻っている。彼は力任せに、透を自分の上に再び引き倒し、彼の顔を自分の胸に押しつけた。

「何も訊かないから。忘れろって言うなら、加島さんが泣いたこと、忘れるから。だけど、今はこうさせて。加島さんを、ひとりぼっちで泣かせたくない。何でかわかんないけど、加島さんが泣いてると、俺も胸が痛いです」

芹沢の飾らない言葉に、透の嗚咽が大きくなる。

「僕は……僕は……ッ」

「しーっ」

興奮する透を宥《なだ》めるように、芹沢は低い声で囁いた。

「ねえ。もし、加島さんを傷つけた人がいるんなら……それは凄く悲しいことだけど。でも、今の俺みたく、加島さんを慰めたい人だっていますよ。世の中って、たぶんそういうふうに、帳尻《ちょうじり》が合うようにできてるんです」

「…………」

「加島さんが、泣くほど辛い目に遭わされたことがあるんなら、今夜はその分、俺に甘えていいです。それが今、俺が決めたルール。だから……ね？」

透はもう、何も言おうとしなかった。ただ、熱い涙が、芹沢の滑らかな胸を幾筋も滑り落ち、シーツに染みを作る。

腕の中で震える背中を撫でてやれないことを残念に思いつつ、芹沢は、ただひたすら押し殺した嗚咽が止むのを待っていた……。

四章　消えた足跡

静かに泣き続ける透を抱いて寝そべっているうちに、いつしか寝入ってしまったらしい。

「……ん……？」

ふと手首のピリッとした痛みに目を覚ますと、芹沢はベッドに仰向《あおむ》けに横たわっていた。ベッドの端に腰掛けた透が、消毒薬を染み込ませた綿球で、芹沢の手首を消毒している。どうやらさっき感じた痛みは、薬が傷に浸《し》みたせいだったらしい。

（あ……ネクタイ、解いてくれたんだ）

まだ寝起きのぼんやりした頭でそんな間抜けなことを考えながら、芹沢は自分の手首をどこか他人事のように見ていた。

昨夜のことは、夢でも何でもなかったようだ。

自分のネクタイで縛り上げられた両手首は、酷く擦れて赤い筋がついていた。おそらく、擦り傷と軽い火傷が混在しているのだろう。

下着とTシャツは、透がきちんと着せ直してくれたのだろうか。とりあえず、最低限恥ずかしくない衣服を身につけていることに、芹沢は胸を撫で下ろす。

透自身はシャワーを浴びたらしく、湿った乱れ髪をして、スエットの上下を着ていた。

いつものように眼鏡をかけた透の顔は、ゾッとするほど土気色だった。

いつもは怜悧《れいり》な双眸も泣き腫らしてまだ赤いし、目の下にはどす黒い隈《くま》ができている。

あからさまに具合が悪そうな透は、それでも丁寧な手つきで手当を続けていた。芹沢が目覚めたのに気付いているはずなのに、声をかけようとも目を合わせようともしない。

今にも再び泣き出しそうな顔で、それでも唇をギュッと引き結んで黙りこくっている透を、芹沢は横たわったままじっと見上げた。

惨憺《さんたん》たる状態なのに、頑《かたく》なに目を伏せた透の顔を、芹沢は綺麗だと思った。

昨日まで、芹沢は透のことを、まるで人形のように硬質で冷ややかで、自信に満ちた、自分とは別……もっと上の世界に生きる人だと思っていた。

だが昨夜、縛られたままの手で半ば無理矢理抱いた透の身体は、驚くほど儚く、弱々しかった。自分に身体を預けつつも、決して自分からは抱き返してこようとはせず、涙の理由を打ち明けることもなく、ただひたすら涙をこぼしている……そんな透を見ているうち、芹沢は、透が本当は決して強い人間ではないと悟った。

その胸の内に深い悲しみや苦しみを隠し、必死で胸を張って生きている。

詳しい事情は知らないが、昨夜のことを思い出して考えるに、人間関係に話が及ぶと急に刺々《とげとげ》しい発言が目立ったのは、誰かとの関係でこっぴどく傷ついたことがあったからかもしれない。

だとしたら、きっと本当の透は、とても繊細で、臆病《おくびょう》な人間なのだろう。

昨夜、透の涙で肌を濡らし、震える身体と触れ合っていた芹沢の心には、透に対する奇妙な庇護欲が芽生え始めていた。

「加島さん、大丈夫ですか？」

透が何も言わないので、芹沢は思い切って自分から声をかけてみた。

「………………」

だが、透はそれには答えず、ただ黙々と手当を続けた。傷ついた芹沢の両手首を消毒し、軟膏《なんこう》を薄く塗り、厚く折ったガーゼを巻き付けてテープで留める。

その作業を無言のままやり終えると、透はベッドから降りた。

その動きをぼんやり見ていた芹沢は、文字どおり驚愕した。透は、いきなりフローリングの上に正座すると、床にベッタリと両手をついたのだ。

「え……？　ちょ、加島さんっ」

ビックリして跳ね起きた芹沢の前で、透は前髪が床につくほど深く頭を下げた。

「昨夜は、申し訳なかった。謝って済むことではないとわかっているが、まずは謝らせてほしい」

「いや、あの、ちょっと待って！　土下座とか、そんなことしないでくださいよ！」

さすがに昨夜の酒がまだ残っているのか、起き上がったときにガツンと殴《なぐ》りつけられたような頭痛と軽い吐き気、そして部屋の白い壁が歪むような目眩《めまい》を感じる。しかし芹沢はそれに構わず、自分もベッドから飛び降りた。そして、昨夜はとうとう抱いてやれなかった透の両肩を摑み、無理矢理身体を起こした。

「だが、僕は土下座では済まないようなことをお前に……」

「土下座なんかしたって、何の解決にもなんないですよ。酷い顔色してんのに、こんな冷たい床の上なんて座ってちゃ駄目です」

「だが……」

「いいから！」

それでも動こうとしない透に焦《じ》れて、芹沢は無理矢理の腕を引いて立たせ、再びベッドに座らせた。そして、自分も隣に腰を下ろす。

透は、固く強張《こわば》った顔で俯《うつむ》いた。腿の上で組み合わせた両手の指が、小さく震えているのがわかる。芹沢は、そんな透の顔を覗き込んだ。

「あの……謝るってことは、加島さん、昨夜のこと覚えてるんですか？」

そう問いかけるなり、血の気が失せた透の顔に、サッと赤みが差す。彼は頑固に床を睨んだまま、ボソリと答えた。

「物凄く酔っていて……全部は覚えていない。でも、切れ切れの記憶と自分の身体で、何が起こったかは想像がつく。そのすべてを、僕がやらかしたということも」

透の視線が、一瞬、芹沢の手首に向けられ、そして素早く背けられる。

「……ああ、って、あの、どっか痛いんですか？　その、ええと、お……」

躊躇いながらもお尻とか、と言いかけた芹沢の言葉を、危ういところで透は鋭く遮った。

「別に痛みはしない！　微妙に……違和感があるだけだ」

「……なるほど」

違和感があるのはどこかと問うほど、幸いにも芹沢は朴念仁ではない。ただ、透の言葉で、うっかり彼と繋がっていたときのことを思い出してしまった。

自分でも驚くほど張り詰めたものをすべて飲み込んだ透の姿と、焼け付くような内部の熱を思い出すと、芹沢の下半身に再びドッと血が流れ込む。

（やばい……！　落ち着け。落ち着けよ。今は、真面目な話をしてんだから！）

トランクスの下で、僅《わず》かながらも不穏な動きをする節操のない自身を叱りつけ、芹沢は必死で意識をそこから逸らそうとした。

「その……二日酔い、でしょ？　大丈夫ですか、マジで」

「……死にそうだ」

簡潔に答え、透はようやく顔を上げた。相変わらず具合は悪そうだが、その目には苛立ちの色が浮かんでいる。

「どうして」

「はい？」

「どうしてお前は、僕の心配なんかするんだ。僕は……お前が目覚めた瞬間に、口汚く罵《ののし》られる覚悟も、殴られる覚悟もできていたのに！」

むしろ叱りつけるように言葉を叩き付けられ、芹沢は戸惑いの面持ちで首を捻った。

「いや、でも俺……」

「お前は僕にとんでもないことをされたんだぞ。その……泥酔して動けないのをいいことに、手首まで縛られて。まさか、お前のほうこそ、昨夜のことを覚えていないんじゃないのか？」

それを聞いて、やはり困惑顔のまま、芹沢は自分の手首をしげしげと見た。

「いや、その……このベッドに放り投げられるまでは情けないくらいおぼろげなんですけど。今さら訊くのもアレですけど、ここ、加島さんちですよね？　俺、連れて帰ってもらったんですよね？」

透は固い表情のまま、微かに顎《あご》を上下させる。

「お前は酔い潰れて、家はどこだと訊いても答えられなくて……仕方がないから、連れて帰った、んだと思う」

「へ？」

「タクシーの運転手に、自宅の場所を告げたんだろう、たぶん。でなければ帰りつけなかったはずだし、ポケットにリーズナブルな値段のタクシーのレシートが入っていたから、迷ってもいないはずだ」

二日酔いは酷くても、いつもの冷静さは戻っているらしい。透の理路整然とした説明に、芹沢は苦笑いで肩を竦めた。

「そっか。マジで、加島さんもけっこうベロベロだったんだ」

「……でなければ、あんなことにはならなかった。すまない。久しぶりに人とたくさん話をして、気分が高揚して飲み過ぎた。絶対に酒を過ごしてはいけないと、肝に銘じていたはずなのに」

それを聞いた芹沢の脳裏に、昨夜、行為の最中に透が口走った言葉が思い出された。

『あの人も……思いがけずよかったと言っていた』

（もしかして、それって……）

立ち入ったことを訊ねてはいけないと理性は警鐘を鳴らしていたが、やはりなし崩しとはいえ身体の関係を持ってしまったせいか、芹沢はその発言について問い質さずにはいられない。ゴクリと生唾を飲み、彼は口を開いた。

「あのう……。もしかして加島さんって、飲み過ぎるとああなっちゃうんですか？　その、男相手に……つか、そもそも、加島さんってゲイなんですか?」

「………ッ」

不躾《ぶしつ》すぎる質問に、透の顔が苦痛に歪む。だが彼は、組み合わせた指に関節が白くなるほど力を込め、吐息まじりに肯定の言葉を吐き出した。

「……どちらの問いに対しても、答えはイエスだ。昔から、同性にしか心が動かない。そして……酒を過ごして意識が飛ぶと、無闇《むやみ》にそういう気分になるらしいんだ」

そんなとんでもない告白に、芹沢は自分でも驚くほど動揺し、身体を透のほうに向けた。

「ちょっと待ってください! まさかそれ、誰彼構わず!?」

「馬鹿な。いくら何でもそこまでじゃない!」

「す、すいません」

慌てて謝る芹沢の無精髭《ぶしょうひげ》のうっすら浮いた顔を見やり、透は深く嘆息した。

「過去の経験に鑑《かんが》みるに……おそらく、ある程度気を許した相手……限定だと思う」

芹沢は、ビックリして自分を指さす。

「へ? それって、加島さんが俺に気を許してくれてたってこと……ですか? 俺たち、まともに喋ったのは昨日が初めてだったのに? いや、俺は加島さんが毎日来てくれるから、勝手に親近感持ってましたけど……加島さんも?」

「僕はひとりで研究を進めているから、他にスパイスのことで話し合う相手がいない。昨日、お前と同じ話題で何時間も話し合うことができて、きっと……仲間意識のようなものがあったんだろうな」

「ああ……そういう」

(あれ？　俺、何でガッカリしてんだろ)

つまるところは研究仲間か、と落胆した自分自身に、芹沢は驚いた。しかも彼の口は、思ってもみない問いを勝手に発してしまっていた。

「じゃあ、別に俺を恋愛の意味で好きとか、そういうことじゃないんだ」

「そんなわけがないだろう。アルコールのせいで、仲間意識が暴走しただけだ……と分析する」

「あー……そっか……」

それに対する透のクリアカットな答えに、芹沢のテンションがさらに下がる。

(何へこんでるんだ、俺。当たり前だろ。この人が、俺のこと好きなわけないじゃないか。つか、俺だって、男を好きになるわけが……でも……)

「僕はきっと、酔ったお前をダシにして、ひとりでいい思いをしたんだと思う。最低だ。だが、お前はゲイじゃないだろう。きっと、拷問に等しい不快な経験だったに違いない」

「……あ、いや……」

芹沢の心の揺れなど知るよしもない透は、悲痛な表情でボソボソと言った。

「きっと、お前に大きなトラウマを与えてしまっただろうとも自覚している。お前はさっき、土下座して解決することじゃないと言った。そのとおりだ。謝罪して済むようなことではない」

「あ、いや、でも加島さんだけが悪いんじゃない。俺も悪いです。俺だって、正体なくすほど飲んじゃったわけですし」

「それでもだ。お前がそんなふうに冷静でいてくれるのは大きな驚きだし、こうして会話をさせてもらえることに感謝もしている。だが、もっと怒ってくれていい。当然だ。殴って少しでも気が済むのなら、存分に殴ってくれ。それで命を落とすことになっても、お前に迷惑をかけはしない。約束する」

「いやいやいや、あの、ちょっと待ってください。そんな簡単に命捨てちゃ駄目です」

「しかし、僕がしたことは、まさに獣の所行だ。そんなふうに労《いたわ》られては、どうしていいかわからなくなる。……いや、どう償えばいいのか、目が覚めてからずっと考え続けて、結局わからなかった。償いようがないことだとはわかっているが、せめて僕にできることがあるなら、何でも言ってくれ」

「待って待って待って！」

咳《せ》き込むように言い募る透を、芹沢はどうにか片手を挙げて制止した。そして、自分の心の揺れ動きを、素直に口に出す。

「その……そんなにひとりで思い詰めないで。加島さん、俺のことを……無理やりその、勃たせて、やっちゃったって思ってるんですよね？」

　透は、さも当然だと言いたげに頷く。

「その手首を見れば、それ以外の可能性はないだろう。違うとでも？」

「あ、いや。その、まあ、客観的にはそういうことに……なんのかな。でもあの。変な話だけど、俺、別に後ろ使われたわけじゃないですし」

　そういうあからさまな話は苦手なのだろう。昨夜の痴態が嘘のように、透は顔をしかめ、ずれてもいない眼鏡を掛け直した。

「それはそうだが、無理矢理行為を強いたという意味では、強姦《ごうかん》に等しい」

「えっ……？　あ、そ、そっか。いやでも、強姦……？　むしろ、俺が強姦されたっていうか、強姦させられた？　なんか変な表現だなあ。強姦させられたって」

「表現はどうでもいい！」

　真面目に戸惑う芹沢に耐えかねて、透はつい声を荒らげる。

「とにかく、教えてくれ。どうすればいい……？　無論、どうしても腹に据えかねたら、裁判所にでも会社にでも、訴えてくれて構わない」

「いや、あの……」

「金銭で片をつけられる問題ではないとわかっているが、もしそれがいちばんお前の役に立つというのであれば、僕の全財産を差し出す覚悟はできている。ほかに何かもっと……」

悲愴な顔で詰め寄ってくる透に、芹沢は両手を伏せて何度か上下させ、仕草で落ち着くように促した。

「だーかーらー、ちょっと待ってくださいホントに。わかりました。加島さんは昨夜飲み過ぎて、理性のタガが外れてああなった。で、目が覚めたときには二日酔いだけどパーフェクトに素面に戻ってて、今、昨夜のことを思い出して超ショック&超反省モード。……ってことですよね？」

「……ああ」

「オッケーです。加島さんの事情は、俺、理解したと思います。だけど俺、償いがどうこう言われても、まだ自分の気持ちが整理できてないんですよ」

そう言われて、透はますます恥じ入った様子で肩を落とした。

「すまない。それもそうだな。勿論、僕は逃げも隠れも誤魔化しもしない。ゆっくり対応を考えてくれて構わない。……そうだ」

透は部屋を出て行くと、ほどなく一枚の紙片を持って戻ってきた。芹沢の横に再び腰掛け、その紙片を差し出す。

「……これを」

それは、カリノ製薬社員であることを示す、透の名刺だった。「加島透」という名前の他に、カリノ製薬の社章やオフィスの連絡先、透のメールアドレスまでが印刷されている。

「名刺？　……あ」

裏を返すと、几帳面らしい端整な字体で、透の署名があった。

「これを持っていてくれ。いつでも僕に連絡が取れる。直接話すのが不快なら、メールでも構わないし、第三者を介してくれても勿論……」

「だーかーらー、その不快っていうの、やめてください。違うんですよ」

「違う？　何がだ？」

とりあえず名刺を手に持ったまま、芹沢は首を捻りながら言った。

「昨夜、確かに加島さんにまたがられて、手首縛られて、俺、凄くビックリしましたよ」

「う……あ、ああ」

「だけど、最初こそ酔っぱらってるし固まってるしでされるがままだったけど、途中からはどう考えてもその気でした。……だってその……。さすがに覚えてるでしょ。俺が加島さんにあちこち触られて、がっつり勃ってたの」

最後の言葉は気まずげに小声で口にして、芹沢は透の顔をすかすように見た。透も、死にそうな顔で、それでも律儀に小さく頷く。

「加島さん覚えてるかどうか知らないけど、いきなり口でしてくれて……そんなこと初めてで、ホントに驚いたけど、嫌だとか気持ち悪いとか、そういう感覚は全然なかったんですよ。我ながら不思議だけど。……それどころか……最後のほうは、何かもう信じられないくらい、気持ちよかったし」

「……それは……酒のせいだ」

「それもあるかもですけど、俺のほうは、最初のショックで、けっこう酔いが醒めてたんですよ。だから俺、今でも思い出せるんです。昨夜の加島さんの顔とか、声とか」

「……ッ」

羞恥に耐えかね、透は唇を噛んで顔を背ける。だが芹沢は、透をからかうでもなく、真剣な顔で言った。

「俺ね、俺の上に乗っかった加島さん見て、エロいなって思った。すげえ綺麗で、すげえエロくて、そんで……すげえ、悲しそうだなって。何でだろ。身体、繋がってたからかな。何となく、悲しい気持ちが加島さんから伝わってきたような気がして」

「！」

悲しそうという言葉に、透はギョッとした顔で芹沢を見る。芹沢は、自分の手のひらを見下ろし、それから透を見て、ほろりと笑った。

「そしたら、ホントに加島さん、終わってから泣き出して……。理由はわかんないけど、この人やっぱ悲しかったんだって思ったら、俺も何だか胸がギュッてなりました」

そんなことを言われるとは、想像もしなかったのだろう。芹沢の真摯《しんし》な言葉に、透は唖然とした顔になる。

「芹沢……」

「俺、ホントに、加島さんのこと抱き締めてあげたかったんですよ、昨夜。だけど加島さんが嫌がったし、手があぁだったし。それに……物騒なことも言ってたし」

「物騒なこと？」

「触れてごまかされるなんて、嫌だ……って。もう誰も信用しないって」

「………！」

「間違ってたらすいません。昨夜、飯食ってるとき、加島さん言ったでしょ。『婚約したならともかく、つきあっている段階で相手を縛ったり、相手に縛られたりするのは馬鹿馬鹿しい』的なこと。あれって、誰かとマジで酷いことになったからじゃないですか？　だから、誰も信用しないとか、そういう……」

「答えたくない」

芹沢は必死で頭を回転させて推測したが、透はその話題についてて話すことをきっぱりと拒否した。芹沢は、途方に暮れた顔をする。

「加島さん……」

「昨夜のことについては心底申し訳ないと思っているが、僕のプライバシーに踏み込んでほしくはない。……勝手を言うが」

厳しい声音と鋭い眼差しに、芹沢は、自分がうっかり禁じられた領域に立ち入ってしまったのだと悟った。

昨夜の余韻を引きずって、さっきまで芹沢に心の一端を開いているように見えた透が、今はまた、あの目に見えない鎧を纏おうとしている。

だが、彼が再び完全に心を閉ざしてしまう前に、どうしても伝えなくてはならないことがある。そう思った芹沢は、混乱した心の内をそのまま素直に言葉にした。

「す、すいません。俺、そんなつもりじゃなくて。ただ俺は、ホントに昨夜のこと、強姦なんて思ってないですし、訴える気なんか全然ないです。俺にだって責任はあるし、俺だっていい思いをしました。つか、さっき加島さんが、俺の身体を使っていい思いをしたって言われて、加島さんもよかったんだと思ったら、何か嬉しかったです」

「お前……何を言って……」

「俺、勿論お客さんとしても加島さん好きだし、大事だし、スパイスのことたくさん教えてくれる人として、尊敬してます。でも、それプラス、きっとそういう意味でも、加島さんのこと好……」

「やめてくれッ！」

悲鳴に近い声で芹沢の話を遮り、透は弾かれたように立ち上がった。握り締めた拳が、激しくわなないている。拳だけでなく、ゆったりしたスエット越しでも、両足が震えてい

るのがわかった。

「加島さん、俺」

動揺する芹沢に、透は肩で大きく息をし、激情を抑えているのがわかる押し殺した声で早口に言った。

「そんなことを軽々しく口に出すのはやめてくれ。さっきも言ったが、それは酒のせいだ。ゆっくり眠って正気に戻れば、そんな世迷い言を吐くこともなくなる」

「俺は正気ですってば」

「そんなはずはない。……帰ってくれ。とにかく、今は帰って、ゆっくり休んでくれ。賠償に関する連絡は、後日。いかなる要求にも応える所存だ。……今、タクシーを呼ぶから」

そう言い捨てると、透は逃げるように寝室を出て行ってしまう。

「……くそ。何でそう、バキーンって凄いバリアー、張っちゃうかな」

追いかけて話を続けたい衝動にかられ、立ち上がった芹沢だが、そんなことをしても逆効果であることは、短いつきあいとはいえさすがにわかる。

（確かにお互い、いっぺん頭を冷やす必要はあるんだろうな。……でも俺、やっぱ加島さんのこと、好きだと思う。じゃなきゃ、いくら飲んでても、いくら男は節操のない生き物だっつっても、ああはならない）

ズキズキ痛む重い頭を片手でさすりながら、芹沢は大きな窓に歩み寄った。レースのカーテンを少し開けると、朝の光がパッと差し込み、目の奥がジンジンと痛む。

「うあ……快晴」

目を細めつつも、芹沢は窓の外を眺めた。

どうやら、マンションの低層階であるらしい。窓の下には、家々の屋根が朝日にきらめいていた。いかにも平和そのものの、日曜日の光景だ。

「何時だろ……」

振り返って室内を見回すと、ベッドサイドの小さなテーブルの上に目覚まし時計があった。午前九時二十三分。透が泣き疲れて先に寝入った記憶がおぼろげに残っているので、彼を抱いたまま、数時間は共に眠ったのだろう。

「慰めてあげたい気持ちも、守ってあげたい気持ちも、俺は本物だと思う。……つか、こういうことって、頭でぐじゃぐじゃ考えるよか、身体で感じたことのほうが、絶対ホントだし確実なはずなんだよな」

余計なものが何もない、透の人柄そのもののスッキリ片付いた寝室を眺めながら、芹沢は独りごちた。

確かに、出会ったときは、透のことをやけに堅苦しい、無愛想な人だと思った。

でも、毎日律儀に弁当箱を提げてやってきて、「頼む」とそれを差し出されるたび、今日も来てくれたとホッとするようになった。

カレーを渡し、料金を受け取って、「また明日」といつしかお決まりになった挨拶を交わすたび、透がほんの少しだけ笑ってくれるのが嬉しくて、芹沢の胸はいつも温かくなった。

昨夜、街角で偶然出会えたときも胸が躍《おど》ったし、食事をしながら、目を輝かせてスパイスの話をする透は、いつもより遥《はる》かに人間臭く、生き生きしていた。

(きっとあれが、ホントのあの人の姿なんだ。……いったい何が、あの人をあんなに頑なってか、偏屈にしちゃったんだろう)

芹沢の視線は、さっき透が手当してくれた手首に再び落ちる。

傷を消毒し、薬を塗り、ガーゼを巻いてくれるときの透の手は、とても優しかった。

そして、話の流れとはいえ、芹沢に「ある程度気を許して」いると言ってくれた。

単なる研究仲間としてでも、透に信用されているのだと思うと、芹沢はやはり嬉しくなる。

(たとえ、ブースターになったのが酒だとしても……。俺の身体は、加島さんの身体に感じてた。加島さんも、あんなにぴったり俺と繋がった。それって、絶対何か意味があるはずなんだ)

少なくとも今、芹沢は透のことを案じているし、彼をあんなふうに泣かせるトラウマを消し去り、彼が昨夜見せてくれたような笑顔にいつもなれるようにしてあげたいと思っている。

ただ、そんな気持ちを透にきちんと伝えるには、ただ真っ直ぐぶつかるだけでは駄目だろう。彼が冷静になれるだけの時間を置くだけでなく、何か手立てを講じなくてはならない。

「……うん。俺が頭を冷やして考えるべきなのは……そこだな、きっと」

そう呟くと、芹沢はベッドの足元にきちんと畳んで積まれた自分の服に手を伸ばしたのだった……。


芹沢が身支度を整えてほどなく、インターホンが鳴り、透が寝室に顔を出した。ノーネクタイでジャケットを着込んだ芹沢を見て、眉を曇らせる。

「タクシーが来たそうだ。……ああ。ネクタイを駄目にしてしまったな。本当に申し訳ない」

芹沢の手首を縛っていたシルクのネクタイは、頑固な皺ができてしまい、とても締められたものではない。畳んでジャケットのポケットに突っ込んであった。

「いや、どうせ安物ですし」

実は持っている中でいちばん上等なものだったのだが、透をこれ以上苦しめたくなくて、芹沢はそんな嘘をついた。だが透は、芹沢に白い封筒を差し出した。

「これは？」

「交通費と、ネクタイの弁償代だ。これで済ませる気はないから、安心して使ってくれていい」

受け取って中身を改めた芹沢は、驚いて目を丸くした。中には、真新しい一万円札が五枚も入っていたのだ。

「……こんなにもらえませんよ」

そう言って封筒を返そうとする芹沢に、透はむしろ哀願するように言った。

「せめてそのくらいは、受け取ってくれ。でないと僕は……」

両手をダラリと下げ、頑として封筒を受け取ろうとしない透の姿に、しばらく逡巡してから、芹沢は「わかりました」と折れた。

「俺がこれを受け取ることで、加島さんが少しだけでもホッとしてくれるんなら……とりあえず預かっときます。お言葉に甘えて、必要なだけは使いますけど、残り、必ず返しに来ますから！」

「う……あ、ああ」

芹沢の語調の強さに気圧され、透は硬い表情で頷く。そんな透に、芹沢は諭すように言った。

「これ以上ここにいると、加島さんが参っちゃいそうだから、俺、帰りますけど……。これだけは言っときます。マジでどんなに頭冷やしても、加島さんを訴えるとか、そんなことはないです。約束します。だから……あの、昨夜のことに関しては、あんま自分を責めずに、俺も悪かったたってちゃんと納得してください」

「…………」

「でもって、俺が帰った後、加島さんこそゆっくり休んでください。ちゃんと寝て、食べて……それから、俺の言ったこと、もっぺん考えてみてください」

「お前の……言ったこと？」

「つか、正しくは言いかけて、加島さんに止められたこと。俺は加島さんみたく頭がよくないから、いちばん信じられるのは、自分の身体の感覚です。……こういう下ネタ系の話、加島さんは苦手みたいだし、俺も恥ずかしいから、去り際に手っ取り早く言いますけど」

今度こそ邪魔をされないように早口でまくし立てつつも、さすがに言いづらいのか、芹沢は一つ咳払いをしてから、恥ずかしそうに眉尻を下げた。透も、居心地悪そうにしつつも、黙って耳を傾けている。

「俺、今頭痛いし、胃はムカムカするし、コンディション悪いですけど、それでも昨夜の加島さんを思い出すだけで、勃ちかけました」

「な……っ」

「俺、やっぱ加島さん、好きですよ。男もいけるとかそういう括《くく》りじゃなくて、加島さんが好きだから、大丈夫なんです。今は無理かもですけど、できるだけ近い将来、それをわかってもらえるように、俺、何とかしますから！」

「な……んとか、って……」

「今から考えるんで、予定は未定です！　じゃあ、俺、帰ります。朝ですけど、おやすみなさい！」

呆然としている透の脇をすり抜けて、芹沢は廊下を歩き、玄関へと向かった。マンションの間取りはおそらく２ＤＫで、シンプルな構造である。迷うことはない。

普段馴染みのない革靴を履くのに少し手間取ったが、透は姿を見せなかった。おそらく、まだ芹沢の言葉を消化しきれないまま、寝室で棒立ちになっているのだろう。

芹沢はもう、そんな透の姿をありありと想像できるようになっていた。

「戸締まり、忘れないでくださいよ！」

寝室に向かってそう声を掛け、芹沢は透のマンションを後にした……。

＊　　＊

てっきり、この人でなし、淫乱、強姦魔と罵られると思っていた。

警察を呼ぶと言われても、抵抗せずに従うつもりだった。

会社に報告すると言われても、どんな大金を要求されても、決して抗わないと決めていた。

明け方、芹沢の身体の上に乗り上げ、彼の手首を縛られたままの両腕で不器用に抱かれて眠っていた自分に気付いたとき……。

そして、二人共の着衣が明らかに乱れていて、自分の後腔に疼《うず》くような熱と、まだ何かが入っているような違和感を覚えたとき、透は自分がしたことに気付き、愕然とした。

自分はもう終わりだという気持ちよりも、あんなに純朴で親切な芹沢の心に傷をつけてしまった、彼の人生を歪めてしまったという後悔と自責の念で、目の前が真っ暗になった。

だからこそ、芹沢が目覚めたとき、覚悟はできているといっても、やはり恐ろしくてその顔をすぐには見られなかったのだ。

なのに、芹沢は結局、透を責める言葉を一言も口にしなかった。

それどころか、自分にも責任があるといい、透の身体と心を心配し、さらに透のことを好きだと言い残して去っていった。

芹沢の言動のすべてが透にとっては想定外で、透は本気で狼狽《うろた》え、思考能力が完全停止してしまったのである。

仕方なく、芹沢に言われたとおり、一度はベッドに入った。

二日酔いで頭痛と吐き気が酷かったし、昨夜いささか無茶をしたらしく、身体のあちこちが軋むように痛んだからだ。

しかし、ベッドが自分の体温で十分に暖まっても、安らかな眠りは訪れなかった。芹沢のことを考えると感情が千々に乱れたし、目をつぶると、昨夜まさにそのベッドで、自分が芹沢にしたことが断片的に思い出されて、いてもたってもいられない。

結局、どうしようもなくなった透が足を向けたのは、職場だった。

今、透のいる部署で、休日出勤しなくてはならないほど研究が切羽詰まっている人間はいないはずだ。誰もいない日曜日の静かなオフィスは、落ち着いてものを考えるには最高の場所である。

昨夜、「身体を温めるアイテム」について芹沢がくれたアイデアは得難いものであったので、そのことに意識を集中させ、もう一度アイデアを練り直そうと思ったのだ。そうすれば、とにかく今のこの混乱しきった状況から、一歩踏み出すきっかけが得られるかもしれない……そんな藁《わら》をも摑む心境だった。

ところが、オフィスの扉を開けた透は、すぐに驚かされることとなった。

そこには、先客がいたのである。しかもそれは、お洒落なデザインのスーツをパリッと着こなした梅枝だった。

「梅枝……？　どうして」

休みの日には休む、絶対に仕事はしない。出会った頃から、呪文《じゅもん》のようにそう言い続けてきた梅枝が、日曜の午後に職場にいることなどありえない。

驚く透に、ちょうどマグカップを手に立ち上がったところらしき梅枝のほうも、ちょっとビックリした顔をした。カップを持ったまま、入り口付近で立ち尽くしている透に歩み寄り、しげしげとその顔を覗き込む。

「忘れたのか？　学会帰りだよ。お前は昨日発表だったけど、俺は今朝。発表終わらせて、フケてきたとこ」

「あ……あ、ああ、そうだったか」

「そうだよ。今回は、俺の子猫ちゃんとの合同発表だったんでね。趣味と実益を兼ねた仕事ってなぁ、素敵だぜ」

「……俺の……子猫ちゃん？」

今日は、すべてのことが自分の想定範囲から外れる呪いでもかかっているのだろうか。そんなことをぼんやり考えながら、透は耳に引っかかった言葉を半ば無意識にオウム返しにした。学会帰りとは思えない、光沢のある紫色のワイシャツを着た梅枝は、気障な笑い方をした。

「そ。打錠の福島《ふくしま》君。知ってるか？」

「いや……。打錠に知り合いはいないから」

鈍い口調で、透は答えた。打錠というのは、錠剤を実際に作る部署である。

錠剤は、有効成分がもっとも効果的に吸収される臓器で溶けるように作らなくてはならない。打錠のプロフェッショナルは、粉末を錠剤の形に固める際、固さを変えることで溶解速度を自在に調節するのである。

「そっか。そりゃ残念。こう、小動物的に可愛いんだぜ〜。今度チャンスがあったら、引き合わせてやるよ。でもって、発表に使った資料をここに置きに来て、コーヒーでも飲んでこうかと思ってさ。サーバーのスイッチ入れて待ってるとこだったんだ」

「……なるほど」

半ば上の空で、透は頷く。

他に人がいることはまったく期待していなかったが、それが梅枝だけだったのが不幸中の幸いである。

とはいえ、たとえ梅枝でも、今は会話を楽しむ気分には到底なれない。このまま帰ろうか、あるいはどこかカフェにでも行こうかと、透は迷っていた。

ご機嫌で「子猫ちゃん」の可愛らしさを語ろうとした梅枝だが、すぐにそんな透の常ならぬ様子に気付いたらしい。

「お前も、せっかく来たんだから、まずは淹《い》れたてのコーヒー飲めよ。持ってってやるから、座って待ってな」

そう言い捨てて、コーヒーサーバーの置いてある隣室へと行ってしまう。

「…………」

さすがに同僚の好意を無視して帰るわけにもいかず、透はトボトボと自分の席に行き、椅子に座った。

机の片隅には、ウイークデー、毎日使い続けて来た例のステンレスの弁当箱が置いてある。それを見ると、胸がズキリと鋭く痛んだ。

(明日、芹沢は来るだろうか。一昨日の昼、僕たちは「また月曜日」と言って別れたが、僕はその約束を守るべきだろうか。というか、どの面を下げて、あいつの前に立てるというんだ)

いくらさっきは「絶対に訴えない」と断言して去ったといっても、一夜明ければ、人の心など簡単に変わることを透は知っている。

明日の芹沢が、今日と同じことを考え、言うと信じられるほど、透は楽天的ではないのだ。

芹沢の前に顔を出せた立場ではないという苦い自覚と、芹沢の気持ちが変化していたらという漠然とした恐怖と……その一方で、芹沢の顔を見て、声を聞きたいと願う不思議な衝動と。

いつもカレーで満たされる弁当箱を見るだけで、透の心は激しく波立った。

(……駄目だ。ここも駄目だ)

どこでもいい。とにかく、芹沢のことを考えず、仕事に専念できる場所を探そう。そう思って透が立ち上がろうとしたとき、梅枝が器用に片手にマグカップを二つ持ち、オフィスに戻ってきた。

「お待たせ。お前もブラックでよかったんだよな。ほい」

「……ありがとう」

差し出された自分のマグカップを、透は仕方なく受け取った。まだ気分は酷く悪かったが、本当に淹れたてのコーヒーの香りは、ほんの少し、透の気持ちを静めてくれる気がした。

「はー、やっぱ冬はあっついコーヒーだよな」

自分の椅子を透のほうに向けて座り、旨そうにコーヒーを啜ってから、梅枝は実に軽い調子で透に水を向けた。

「で、酷ぇ顔しちゃってどしたの。休日だから、職場でもプライベート語ったってバチは当たらねえよ。話したきゃ、俺がコーヒー飲み終える前に喋っちまえよ」

「……別に。単に二日酔いなだけだ」

透はぶっきらぼうに答えた。だが、二日酔いと聞いて、梅枝は小馬鹿にせず、ふと真顔になった。

「二日酔いって、お前……。まさか、またやっちまったのか!?」

「……そうだ。これで三度目だ。つくづく自分の愚かしさに腹が立つ」

透は両手でマグカップをくるむように持ち、ボソリと答えた。梅枝は、やれやれと言いたげな顔をしかけて、また真顔に戻る。そして、椅子をずいっと透に近づけた。

「待て。待て待て待て。お前今、三度目って言ったな？　一度目は俺だよな!?」

「………………」

透は無言で頷く。

実は入社直後の研修期間中、配属部署の飲み会でしこたま飲まされた透は、昨夜と同じような状態になり、研修先の宿舎で同室だった梅枝を押し倒したことがある。

大学時代、サークル活動をしていなかった透にとっては、無茶な飲酒をしたのはそれが人生初であり、自分の危険な酒癖に気付いたのも、それが最初だった。

幸いそのときは、滅法酒に強い梅枝のほうはパーフェクトに正気で、透を宥め、どうにか酔いが醒めるまで抑えていてくれたので、事なきを得たのだ。

『ま、そういうこともあるって。気にすんな』

翌朝、落ち込む透の肩をポンと叩いて、梅枝はからりと笑った。そして、それ以降も、何ごともなかったかのように友達づきあいを続けている。

そんな物事にこだわらない性格の梅枝も、さすがに難しい顔で問い詰めてきた。

「で、昨夜が三人目。ってことは……二人目がその間にいるのかよ」

「……いる。医薬研究本部時代の、直属の上司だった。部内の飲み会で、うっかり」

透は正直に答えた。職場でこういう生々しい私生活について語るのは言語道断だが、今日は日曜日だ。しかも、相手がかつて同じ原因で迷惑をかけ、透の性癖を知った上で友人関係を保ってくれている梅枝ならば、真実を告げるのが筋というものだろう。

梅枝は、低く唸った。

「いつ？」

「もう六年前だ。……それがきっかけで、上司と時々寝るようになった。相手には妻子がいたが、四年近くつきあったよ。でも……結局別れて、あの部署にいるのがいたたまれなくなった。だから……」

「だから、ここに来たってか。……やれやれ。そういう噂もちびっとは流れて来たけど、誰も信じてなかったぜ。俺もだ。やっぱ、事実は小説よりも奇なり、ってのはホントだな」

顔の半分だけでほろりと笑って、梅枝は少し心配そうに訊ねた。

「お前が妙に頑固な人間嫌いになってここに来たのは、そいつが原因……なんだろうな、きっと。ま、そりゃお前の問題だから、俺が立ち入る気はない。で、三人目は？　まさかまた、ここの誰かか？」

「いや。……社外だ」

それを聞いて、梅枝はホッとしたように、浮かせていた背中を背もたれにもたせかける。

「不幸中の幸いだったな。……で、その誰かさんとこの先、どうにも厄介なことになりそうなのか？」

問われて、透は曖昧に首を振る。

「まだわからない」

「……そっか。まあ、昨夜の今日じゃそうだよな。とりあえず、俺でよきゃ相談には乗るぜ。一緒になって危ない橋を渡る気はねえけど、できる範囲でなら助けてやれるし」

「……ありがとう」

透は、心から感謝の言葉を口にした。

これで、どんなことでも力になる、と言われようものなら、その好意はかえって重荷になったことだろう。こんなときでも絶妙な距離感を保ってくれる梅枝の配慮が、今の透にはこの上なくありがたかった。

「……っていうか、お前、顔色がホントに変だぞ。顔が赤黒いってか、普通の二日酔いの顔色じゃねえよ」

「……そうか？」

「目も、やたらウルウルしてるし。……おい、ちょっと待てよ。もしかして」

梅枝は、マグカップを置いて立ち上がると、制止する隙も与えず、素早く透の額に手を当てた。その顔に、驚きと呆れの表情が広がっていく。

「おいおいおいおい。こりゃ、二日酔いだけじゃねえよ、加島」

「……え？」

ぼんやり自分を見上げる透の額を指先でピンと弾き、梅枝は溜め息混じりに旧友を叱りつけた。

「馬鹿みたいに熱が出てる。風邪だかストレスだか知らないが、よくここまで来られたもんだ。その熱さじゃ、たぶん三十八度は超えてるぞ。道理で、ビックリするような顔色になるはずだ」

「……熱？」

「そ、熱。何しに来たのかは知らないけど、そんなんじゃ無理だ。今日は車で来てっから、送ってやる。今すぐ帰って寝ろよ。ほら、立て」

梅枝はそう促したが、透は力なくかぶりを振った。その駄々っ子のような頑なな態度に、梅枝は苦笑いする。

「どうして？　薬がないんなら、帰り道にドラッグストアへ寄ってやるから。解熱剤を買って帰ろう。な？」

「……いやだ」

「おーい。お前は幼稚園児か」

呆れ返る梅枝に、透は蚊《か》の鳴くような声で訴えた。

「家のベッドにひとりで寝ていると……昨夜のことを思い出す。自己嫌悪で死にそうになる」

それを聞いて、透の二の腕を掴んで無理矢理立たせようとしていた梅枝は、動きを止める。

「あー……なるほどな。昨夜の現場は、お前んちか。けど、慣れなきゃな。いきなり引っ越すってわけにもいかねえだろ」

「……わかっている。だが……」

「でも、きっついよな。それもわかる。……なあ。お前に対して下心がゼロだからこそ言うんだけどな。お前が嫌じゃなかったら、今日だけ特別サービスだ。一緒にお前んちに行って、ただ添い寝してやろうか？」

「………」

もの問いたげに、しかし無言で見上げてくる透に、梅枝は片目をつぶってみせた。

「お前が寝付くまで、ゴロゴロしながらくだらない思い出話でもしてやるさ。ほら、研修期間中に、俺とお前がやらかしたポカのこととか。……ああ、それとも、俺の子猫ちゃんの愛らしさについて語るってのもいいな」

「……どうして僕が、お前の恋人の自慢話を聞かなきゃいけないんだ」

あまりの馬鹿馬鹿しさに、透は鈍い口調で、それでも彼らしさをほんの少し取り戻して言い返す。梅枝はニッと笑って頷いた。

「そうそう、お前はそうでなきゃ。あ、ついでに言っとくが、俺の子猫ちゃんは残念ながら恋人じゃないからな。俺は、ホントに大事な子は、遠くから見守る主義なんだ。……ま、そんなわけだ。とにかくお前を家に連れて帰って、解熱剤とスポーツドリンクを飲ませて、ベッドに放り込む。で、お前が寝付いたら、とっとと帰るから。それでいいだろ？　っつか、それがいいだろ？　たまには、同僚の気まぐれな親切って奴を受けとけよ。な？」

いつもなら決してしないような、しかしあくまでもスマートなお節介を申し出てくれる梅枝の優しさが身に染みて、透はこっくりと頷いた。

「よっし。じゃ、下まで車回してくるから。ちょっと大人しくしてな。あ、コーヒーはもう飲むなよ。じきに薬ぶっ込むんだからな」

そういうと、梅枝は子供にするように透の頭をクシャクシャと撫で、足早にオフィスを出て行った。

ひとりになった透は、豪快に乱された髪を直すこともせず、ただグッタリと椅子に身体を預けていた。

さっきからやたらぼうっとするのが熱のせいだとしたら、納得がいく。ただ、どうにも軟弱な自分の心身が、ひたすらに情けなかった。

「熱を出していいのは、僕じゃなくてあいつなのに」

力なく呟き、彼は腫れぼったい目をぐったり閉じた。

それから四日間、透は欠勤した。

いくら芹沢に抱かれていたといっても、ほぼ裸で眠ってしまったのがこたえたのだろう。見事に風邪を引き、ベッドの中で苦しむ羽目になってしまったのだ。

その間、芹沢からの連絡は一度もなかった。ただ、心配した梅枝が、何度か差入れを持って見舞いに来てくれただけだった。

そして、あの事件があった日から、五日後。

研究のタイムリミットが迫っているので、ようやく熱が下がった透は、まだ少し体調が悪いのを押して出勤した。そして、寝込んでいる間に浮かんだアイデアを試すべく、さっそく仕事に取りかかったのだった。

その日の昼休み……。

色々思い悩んだ挙げ句、透はくだんの弁当箱を提げ、公園駐車場に向かった。

逃げも隠れもしないと宣言した以上、少なくとも一度は、透のほうから芹沢の前に姿を見せるべきだと思ったのだ。

気まずいことこの上ないが、とにかくある程度時間をおいた上で、芹沢の気持ちを聞く必要がある。二度と顔を見せるなと罵倒《ばとう》されればこれきりにするつもりだし、もし話をする意志があるなら、場所と時間をきちんと決めるつもりだった。

弁当箱を持参したのは、あんなことになる直前の金曜日、芹沢と「また月曜日」と約束して別れたからだった。ずいぶん遅くなってしまったが、どんなに小さな約束でも、果たさないと気が済まない。

そんなわけで、勇気を振り絞って馴染みの駐車場へ向かった透だったが……。

「……あ……？」

公園の駐車場に間隔を開けて並ぶ十数台の移動販売車。その中に、芹沢の愛車である水色のワゴン車はなかった。

「来て……いないのか？」

拍子抜けして、透はポカンとしてしまった。

平日はずっと来ると言っていた芹沢だが、あるいは何か事情があるのかもしれない。もしや、自分とのことが原因かと、透の背中に冷たいものが伝ったが、生憎、彼は芹沢の連絡先を知らない。

ここに来さえすれば会えるとばかり思い込んでいたので、自分の名刺を渡しただけで、彼に居場所を訊ねることは控えてしまったからだ。

それでも、待っていればそのうち来るかもしれないという望みを抱き、それからも彼は毎日、公園に通い続けた。

だが、いつになっても芹沢は姿を見せず、透は人知れず、やきもきしながら日々を過ごした。

そして、さらに四日後。

「……あった！」

期待半分、諦め半分で公園に向かった透の目前に、待ちに待ったあの独特の丸いフォルムをした、水色のワゴン車があった。

（とうとう……会えるのか）

芹沢が自分を見てどう反応するだろうかという恐れと共に、再び彼の顔が見られることに喜びを覚える。

そんな自分の心に戸惑いつつ、透は思わずワゴン車に駆け寄った。

車内で、自分に背中を向けている男に、懐かしくさえ思える名前を呼びかける。だが、

「芹沢！」

振り返った男の顔は、芹沢とはまるで別人だった。

「！」

年齢こそ芹沢と同じくらいだが、背格好も顔もまったく違う。ついでにいえば、車内から漂ってくるカレーの匂いも、芹沢の作るそれとはまるで違っていた。スパイスの香りに深みがなく、いわゆる市販のカレールーで作ったことがすぐにわかる匂いだ。

振り返った店員は、透の愕然とした顔を見て、怪訝そうに眉をひそめた。

「いらっしゃい」

「あ……いや」

ハッと我に返った透は、きまり悪さをこらえて訊ねてみた。

「その……このワゴン車には、ついこの前まで別の人物がいたと思うんだが」

「は？」

「いや、だからその、君ではない別の人物が、同じこの車で、カレーを」

「ああ、前の人」

あっさり言われて、透は目を剝いた。

「ま……前の人？」

若い男は、手元で何やら作業をしながら、こともなげに頷く。

「そ。なんか前の人が、この車手放したもんで、俺、今お試しでやらせてもらってるんです。おおむね気に入ってるんで、買い取るつもり……」

「手放した!?」

驚いた透の声に話を遮られ、男は少しムッとした顔で、それでも相手は客だと思い直したのか、それなりに慇懃《いんぎん》に答えた。

「知り合いじゃないんで、俺も詳しいことは知らないですけど。何か、店を持つことにしたから、この車要らなくなったらしいですよ」

「……そんな……」

後ろから思いきり頭を殴られたような衝撃に、透は絶句した。

「そんで？　ええと、カレー如何ですか？　……あの、お客さん？」

少し苛立った男の声が、ぐにゃりと歪んで、遠くから聞こえてくるような気がする。

「そんな……馬鹿な」

自分の口から呻き声が漏れたことにも気付かず、透はその場に立ち尽くした……。

五章　君に染まる指

「お、お帰り。今日こそゲットできたか、カレー……って、その顔だと、また坊主か。お前もよく毎日毎日、律儀に弁当箱提げて行くもんだね」

トボトボとオフィスに戻ってきた透に、自席でコンビニ弁当を広げていた梅枝はからかい口調で声を掛けた。

「……もう、行かない。あいつももう来ない」

ボソリと答え、透はのろのろと椅子を引き、腰を下ろした。そのあまりにも悄然《しょうぜん》とした姿に、梅枝は不思議そうに問いかけた。

「へ？　河岸を変えたのか、あの店？　けっこう人気出て来てたみたいなのにな。何かあったのかね？」

「…………」

「っていうか、何、お前のそのしょんぼりっぷり。どした？」

「車は来ていた。だが、中身が変わっていた」

吐き捨てるような透の言葉に、梅枝は皮肉っぽく片眉を上げる。

「中身？　どういうこった。カレーが添加物てんこ盛りにでもなってたってか？」

「……車を他の人間に譲っていた。芹沢は、どこかで店を持ったらしい……と、今のあの車のオーナーから聞いた。売っているのは確かにカレーだが、あいつのとはまったく別物だ」

「芹沢？　それ、いなくなったほうのカレー屋の名前か？」

「………」

それには答えず、透はガチャンと荒々しく弁当箱を所定の位置に戻す。常に細心な透らしからぬアクションに、梅枝はやたら色気のある目を眇《すが》めた。

「何だよ、お気に入りのカレーが食えないのがそんなに不満なのか？　えらく荒れてるなあ」

「別に荒れてなどいない！　放っておいてくれ」

言葉とは裏腹の激しい語調で会話を断ち切り、透は梅枝に背中を向けた。そして頬杖を突いた片手で額を押さえる。

必死で動揺を抑えようとしているらしき透の背中をじっと見ていた梅枝は、ふと何かに気付いた様子で、「もしかして……」と呟いた。

その小さな声に、そっぽを向いたままの透の背中がビクッと震える。

やはりか、と、透よりずっと世慣れていて、人の心の機微に敏い梅枝は納得顔になった。昼休みの時間帯で多くの研究員が出払っているとはいえ、平日の職場でプライベートな話をするのは危険だし、透も嫌がるだろう。

そこで彼は、食べさしの弁当に蓋をして、透に声を掛けた。

「加島。お前、カレーの代わりの昼飯、仕入れてきたのか?」

透は無言でかぶりを振る。すると梅枝は、立ち上がって白衣を脱いだ。

「仕方ねえな。つきあってやるから、ちょっと出ようや。例の『身体を中から温めるアイテム』、明日プレゼンなんだろ? 景気づけに、前祝いしてやるよ」

「それはありがたいが、遠慮しておく。食欲がないんだ。それにお前は、弁当があるじゃないか」

「いいんだよ。弁当はあとでおやつに食う。食欲がなくても、蕎麦《そば》くらいは食えるだろ。ちょっと遠出だけど、散歩がてら行こうぜ。ほら、立て立て!」

「……わかったよ」

滅多に無理強いしない梅枝だけに、こういう強引な物言いをするのは、一歩も譲らないという意思表示のようなものである。これ以上抗っても無駄だと悟った透は、渋々立ち上がり、早くも部屋を出ていく梅枝の背中を追った。

空いていた。


駅前にある小さな蕎麦屋は、ランチタイムが終わりかけていることもあり、思ったより
梅枝はごくさりげなく、他の客から離れた隅っこのテーブルを確保し、透を手招きした。

「何食う？　お前最近、あんままともに食ってないだろ。痩《や》せてきてるぜ」

「……それなりに食べているさ。仕事はちゃんとしているだろう」

仏頂面で言い返す透を、梅枝は同期なのにどこか先輩じみた口調でたしなめる。

「そりゃわかってるが、そんなゲッソリした面をしてちゃ、仕事が上手くいってないのかと思われるだろ。せっかく研究結果が素晴らしくても、お前のその不景気な顔がプレゼンの足を引っ張るぞ」

「……っ」

痛いところを突かれて、透は口ごもる。

「とにかくちゃんと食え。あったかいもんがいいな。俺はあんかけにゅうめんにしよう。お前も同じのでいいか？　それとも、ここはひとつカレー蕎麦とかいっとく？」

「……にゅうめんでいい」

いかにも仕方なくといった顔つきで透は答える。お茶を運んできた店員に注文を済ませ、梅枝は差し向かいになった透の顔をじっと見た。

「なあ。お前は凄く仕事熱心な奴だから、俺はお前が毎日カレーを食ってるのは、スパイ

スの勉強のためとばかり思ってたんだが……」

「そのとおりだ」

透はすかさず梅枝の言葉を肯定した。余計なことを言わせまいとするように、眼鏡の奥の目は梅枝を睨む。だが腫れぼったい瞼《まぶた》は、ここしばらくの透の睡眠不足を何より雄弁に物語っていた。

「だけじゃないんだろ？　勉強のため、加えてカレーが旨いから……ってのは、勿論あるんだろうが、それだけでもない」

「……何が言いたい」

「こないだ、酒で三度目の失敗をしたって言ってから、お前、どんどんやつれていってるぞ。どう見たって、尋常じゃない。普段は仕事でどんなに行き詰まっても、たとえうっかり失敗しても、いつだって平常心でいられるクールな奴なのにさ」

「人を鉄面皮のように言うな」

透はふて腐れた顔で、熱いお茶の入った湯飲みを両手でくるむように持つ。梅枝は、軽い調子で話を続けた。

「そういうわけじゃないけど……今回はよっぽど参ってんだろって言ってるんだよ。お前がそれを自覚してるかどうかは知ったこっちゃない。少なくとも俺にはわかっちまってる。こうしてらしくないお節介をする程度には、お前のことを心配してるんだぜ。ま、好奇心もちったぁあるけど」

「………」

憔悴《しょうすい》を隠しきれない自分に腹が立つのか、透は唇が直線になるほど口角に力を入れている。そんな妙に子供じみた表情に失笑しつつ、梅枝は小声で言った。

「なあ。これは勝手な推測だから、間違ってたら怒ってもいいけど。こないだうっかり酔っぱらってやっちまった相手って、そのカレー屋か？」

「……ッ!?」

心底驚いたらしい。透は全身を震わせ、その拍子に湯飲みを倒してしまった。テーブルはたちまち零れたお茶でびしょ濡れになる。梅枝は咄嗟《とっさ》に店の奥に向かって声を張り上げた。

「わっ。お姉さん、布巾《ふきん》貸して！」

慌てて飛んできた店員が綺麗に拭き、新しいお茶を淹れて去っていくまで、二人は気まずい沈黙を守っていた。

やがて、先に再び口を開いたのは透だった。

「どうしてわかった」

嘘をつけない性格の透には、そんなわけがないとしらばっくれることはできない。まだ驚きの去らない透の顔を指さし、「眼鏡ずれてるぞ」と茶化してから、梅枝は軽い調子で言った。

「だってお前、あんまり人付き合いしないだろ？　学会で誰かに声掛けられても、ポカンとしてることのほうが多いし。そういう奴が、ただ昼飯を買うだけのカレー屋の名前を覚えてるなんてありえない。ええと、何てったっけ、そいつ」

「芹沢」

「そうそう、芹沢。特別な関係に決まってるって思ったわけ。今の反応を見るだに、図星だったみたいだな」

「……そうだ。だが、ずっと親しかったわけじゃない。あの夜、学会の帰りに偶然出会って、誘われて食事に……」

今さらこの件について梅枝に隠し事をしても始まらない。透は簡潔に、とりわけ実際の行為については極めて曖昧な言葉でぼかしながら、問題の夜に起こった一連の出来事を、記憶と推測を交えて語った。

ちょうど透が話し終えた絶妙のタイミングで、店員が二人の前に丼《どんぶり》を置いていく。

梅枝は、割り箸をパキッと割った。透は、もそもそとスーツの内ポケットから、マイ箸の布包みを取り出す。二つのパーツに分かれた箸を組み立てる透の手元を見ながら、梅枝は話を再開した。

「……なるほどな。で、お前、その夜に盛り上がったり盛り下がったりした挙げ句、その芹沢ってカレー屋に惚《ほ》れちゃったわけか」

「な……なっ!?　あっ！」

「あ」

梅枝の言葉に動揺し過ぎた透は、うっかり両手にありえない力を込め、組み立てかけていた塗りの箸をへし折ってしまった。梅枝は苦笑いで、新しい割り箸を透に差し出す。

「俺、そんなに変なことを言ったか？」

透は赤い顔で割り箸を受け取り、力任せに二つに割る。

「言った！　どこをどうしたらそういう解釈になるんだ。スパイスについて突っ込んだ話ができる唯一の人間だったから楽しかった、ああなったのはお互い泥酔していたせいだ、とちゃんと説明しただろう！」

「しー。あんま大声出すと、誰が聞いてっかわからねえぞ」

「うっ」

ギョッとして口を噤んだ透に、「お、生姜たっぷりだな。とにかく、冷めないうちに食おうぜ」と言って、梅枝はとろりとしたあんがたっぷり掛かったにゅうめんを箸で解した。恐らくは、透を落ち着かせるための時間を置くことにしたのだろう。

「う……ああ」

仕方なく、透も渋々ながら箸を取った。

食欲がないと言ったものの、目の前に熱々のにゅうめんが来て、しかも生姜の清々しい香りに鼻腔をくすぐられると、少しくらいなら食べられそうな気分になってくる。

やや太めの素麺《そうめん》は滑らかな食感で、柔らかく煮えた白菜や鴨肉《かもにく》がふんだんに入り、出汁の利いたあんがよく絡んでいた。生姜はおろしたてで、優しい味のにゅうめんをピリッと引き締めている。いかにも冬らしいメニューで、立ち上る湯気がますます食欲を刺激してくれそうだ。

「……久しぶりに、温かいものを食べた」

透の口から漏れたそんな言葉に、梅枝は呆れ顔で片眉を上げる。

「ったく。そうやって自分を粗末にしてっから、そんな情けないツラになるんだよ。……で、お前さっき箸をへし折るほど必死で否定してたけど、ホントにお前、カレー屋に惚れたわけじゃないのか？」

熱いにゅうめんを吹き冷まして少しずつ食べながら、透はムキになって否定した。

「くどい！　そんなわけがないだろう。ただの一晩、一緒にいただけの相手だぞ」

だが梅枝は、少しも怯まず言葉を返した。

「だけど、相手のほうは、お前が好きだって言ったんだろ？　『ただの一晩、一緒にいただけ』でさ」

「それは……！　きっとあいつは酒がまだ残っていて、しかも僕の暴挙のせいでショック

を受けていたから、少し思考が混乱して……」

「こらこら。自分の都合で人の気持ちを決めつけんな。あと、あんま慌てると、にゅうめん鼻から吸い込んじまうぞ」

「梅枝！　僕は真面目だよ。僕は真面目に……」

「俺も真面目だよ。出しゃばるのはみっともないから、ほっとこうと思ってたけど……でもお前、そろそろ限界だろ。せっかく仕事が順調なのに、私生活でボロボロになってたんじゃつまんねえだろうが」

相変わらず口調は軽いが、梅枝の言葉は、今の透には辛辣《しんらつ》に響く。とはいえ、いちいちもっともな指摘に素直に頷くのも腹立たしくて、透はムッとした顔をした。

「お前に心配をかけたことは済まないと思うが……しかし、お前じゃあるまいし、僕はたった一晩のことで誰かに惚れるような、そんな多情な人間では……」

だが梅枝は、熱いにゅうめんに舌先を焼きながらも、あっさり言い返してきた。

「そうやって理詰めでどうにかしようたってならないのが、人の心ってもんだろ。『こうであるべきだ、こうであるはずがない』なーんて自分に言い聞かせたって、意味ないぜ」

「………」

「出会い頭だって惚れるときゃ惚れる。だから一目惚れって言葉がこんなにユニバーサルに存在するんだろ。そうかと思えば、長年つきあっても、こないだなんか添い寝までしても、そういうことにはならない俺たちみたいな関係もある。な？　人生色々、恋愛も色々だよ。出会って何日目に恋に落ちる、なんて決まりは存在しない」

中途半端にどこかの演歌歌手の十八番のようなことを言い、梅枝は片目をつぶった。だが、それでも透が強情に唇を引き結んでいるので、彼は小さく肩を竦めてこう言った。

「オーケー。じゃあ、百歩譲ってお前はカレー屋に惚れてないとしよう。だったら、もっと喜んだらどうなんだよ」

「……喜ぶ？」

「だってそうだろ。別れ際、何があってもお前を訴えたりしないって約束して帰っていったんだろうが、その芹沢って男は」

「だから！　それはまだ混乱……」

「それでもだ。そいつは確かに、一度はそう断言した。で、名刺を受け取ってお前の連絡先を知っているにもかかわらず、もう一週間以上も連絡してこない」

「あ……ああ」

「お前のほうは？　相手の連絡先、知ってんのか？」

「いや。あの移動販売車に行けば会えるとばかり、思い込んでいたから……敢《あ》えて聞いていない」

それ見たことかと言わんばかりに、梅枝は箸を持っていない左手をパチンと鳴らした。

「それなのに、わざわざこだわりのワゴン車を手放して、お前の前から姿を消した。ってことは、もうお前からそいつにアプローチする手立てはないわけだろ?」

「……ない、な」

「だろ! さらに、そいつが警察に通報した気配もないし、そいつから依頼を受けた弁護士が連絡してきたこともない、会社にチクられた気配もない……?」

「……おそらく」

「だったら、相手はこの件を自然消滅させるつもりだと考えるのが妥当じゃねえか。抗議だの密告だの裁判だの示談だの、そういうややこしいことはせずに、もうこのことはお互いに落ち度のあったアクシデントとして水に流そう、あの夜のことは忘れたい……そういうことじゃないのか? だったらお前も、いつまでも気にする必要はない。無罪放免、万々歳じゃないか。喜べよ」

「そうはいくか!」

透は箸を置き、梅枝をキッと見据えた。

「なんで?」

「なんでって……。そんな、逃げ得みたいなことをする気は、僕にはないんだ。いくら芹沢が自分にも責任があると主張しようとも、あいつに害を為したのは僕だ。あれは犯罪だった。その事実は揺らぎようがない。……僕は、あいつにきちんと償わなければならない。

あいつが望む方法で」

「……だから、それが『もう放っておいてくれ』だったら？」

「そっ……それは……。勿論、そういう気持ちは尊重しなくてはいけないと思うが、それでは償いにならない。いかなる形であれ、僕は責任を取らなくては……」

「つったって、相手がもういいって意思表示をすれば、お前にできることはないだろうに」

「た、た、確かにそうだが……だとしても、あいつの意志を一度は確認するために、会わなければ、いや、少なくとも話さなくてはならない！　でないと筋が通らない」

透は毅然としてそう言った。だが、その顔を見た梅枝は、何とも微妙な顔つきで首を捻る。

「んー？　そういう会わなきゃいけない、なのか？　つか、こんなこと言うと、お前がまた混乱するかもだけど」

「……何だ。言いたいことがあるなら、ちゃんと言ってくれ」

透に促され、梅枝はニッと笑って言った。

「そいつに会いたいのは、ホントに償いをしなきゃいけないからって理由だけなのかな～、なんて、俺としちゃ疑っちゃうんだけど」

「……は？」

「だーかーらー、お前のその、『会わなきゃいけない、話さなきゃいけない』って言葉。

ホントに、『しなきゃいけない』と思ってんのか、それとも『会いたい、話したい』なのか、ホントのとこはどっちなんだろなって思ったわけ。会いたいんじゃねえの、ホントのとこはさ」

「………！」

鋭い指摘に意表を突かれ、透はにゅうめんを箸で掬い上げたまま動きを止める。

早飯の梅枝は麺を食べ終え、つゆも半分ほど飲んでから、ふう、と丼を置いた。そして、実にスマートに伝票を取り、立ち上がる。

「鳩《はと》が豆鉄砲を食ったみたいな顔しやがって。そんな可能性、考えてもみなかったってところだな。……まあ、じっくり考えてみな。約束どおりの前祝いと、大事なマイ箸を折らせちまったお詫《わ》びを兼ねて、今日はマジで奢ってやるよ。じゃ、先戻ってる」

「……あ……」

透が何も言えずにいるうちに、梅枝はレジのほうへ行ってしまう。店員と何やら会話をした後去っていく梅枝の背中を見送り、透はフウッと肺が空っぽになるほど深い溜め息をついた。

「僕は……芹沢に会わなくてはならないんだ」

まだ半分近く残った麺を箸で掻き回しながら、透は独りごちた。

頭では、梅枝の言ったことが正しいとわかっている。

芹沢はもう、透のことも、あの夜の一連の出来事も忘れてしまいたいのかもしれない。それで、透と顔を合わせる可能性の高いあの公園の駐車場に来なくなり、そしてついには移動販売車を手放し、商売の場を透のまったく知らない場所に移した……そう考えるのが自然な流れだ。

だが透のほうは、これまで、芹沢から連絡があったらどう話そう、どうしたら芹沢に償えるだろうと、ひたすら芹沢のことばかりを考え続けてきた。

もし現時点で払いきれない大金を要求されたら、仕事を辞めて退職金を受け取り、マンションを処分して何とかしよう、あるいはいっそ死んでくれと言われたときに備え、どういう手段で自殺するのが、周囲にいちばん迷惑を掛けずに済むかリサーチしておかねばと、そんなことばかり考えて、眠れぬ夜を重ねてきたのである。

さっき梅枝に指摘されるまで、透は、自分が芹沢に会いたがっているのは、賠償のことを話し合わなくてはならないと思っているからだと信じ込んでいた。

だが、今日、透と芹沢を繋ぐ「糸」だったあの水色の愛らしいワゴン車すら、二人と無関係の存在になってしまったことが発覚したとき、透は自分でも驚くほど大きなショックを受けた。その衝撃から立ち直れないうちに、梅枝の言葉にさらに激しく心を揺さぶられ……。

今、透の胸中では、これまで考えたこともない問いがグルグルと駆け巡っていた。

「義務感ではなく、希望、なのか？　僕は芹沢に会わなくてはならない、ではなく……会いたい……のか？」

ごくごく小さな声でそう呟いてみると、胸がギュッと苦しくなった。

「！」

己の反応に自分で驚き、透はもう一度、もっと小さな声で「会いたい」と呟いてみる。

その言葉に呼応するように、胸の深いところで何かが大きくうねった。それは、これまで存在すら知らなかった大きな魚が、ゆっくりと心の海に泳ぎ出て来た、そんな不思議な感覚だった。

自分で自分の感情がわからないのかよ、と梅枝に笑い飛ばされるかもしれないが、透にとっては「会いたい」という単純な一言が、心の扉を開けるパスワードだったのだ。

これまで、もう誰の心も信用できない、約束など意味がない、だから自分は誰とも深い繋がりを持つ気はないのだ……と幾度となく繰り返し、これ以上傷つかないようにロックをかけ続けてきた感情が、今、よりにもよって蕎麦屋の隅っこという奇妙な場所で解き放たれてしまった。

途端に、これまで固く封じ込め、こんなものには何の価値もない、思い出ではなく、ただの記憶、いや記録だと決めつけてきたものが、どっと溢れ出してきた。

初めて出会ったとき、水色のワゴン車のカウンター越しに、「いらっしゃい」と声をかけてきた、芹沢の笑顔と意外に低い声。

それ以来、透の姿を見るたびにどんどん深く大きくなっていった彼の笑顔。

何度繰り返しても変わらない、持参の弁当箱にカレーをよそい入れるときの注意深い手つき、そして弁当箱を差し出してくれるとき、時折触れ合った互いの指先。

問題のあの夜、街角で透を呼び止めたときの、芹沢の弾んだ声。

一緒に食事をしたときに知った、ナイフとフォークをすぐ逆に持ってしまう芹沢の妙な癖。

酒を飲むと、ますます明るく、人懐っこく、そして少しだけ強引になっていった芹沢の言動。

そして……。

そして何より透の胸を締め付けたのは、過度の飲酒のせいでほとんど失われてしまった深夜の記憶の中で、僅かに残ったいくつかの断片だった。

何故か自分の両目から突然溢れ出した涙と、それを見て酷く驚き、狼狽えた芹沢。

『加島さん……。泣かないで』

そう言いながら、自分のほうがよほど泣きそうな顔をしていた芹沢の顔が、脳裏にありありと甦《よみがえ》る。

『加島さんを、ひとりぼっちで泣かせたくない』

泥酔してまともな思考などできなかった透なのに、暴れる自分を不自由な腕で抱きすくめ、不器用に、けれど毅然とした態度で慰めてくれた芹沢のそんな言葉だけは、妙にハッキリと覚えている。

誰かの体温にあんな風に包まれたのは、久しぶりのことだった。

人の温もりに触れると、透は弱くなってしまう。

酷い仕打ちを受けても、好きだと言われ、抱き締められるとグズグズに弱くなってしまう自分を過去に思い知っただけに、透は、誰かと甘ったるい関係になることをムキになって避けてきた。

そんな自分の意地っ張りな抵抗をいともやすやすと封じ込め、芹沢は何の迷いもなく透を抱き締めたのだ。透の過去など何一つ知らないくせに、彼は透が恐れていたものも、そのくせ心の奥底では求めていたものも、本能的に感じとっていたのかもしれない。

しかも、アルコールの抜けた翌朝、芹沢は透を真っ直ぐに見て、自分は透のことが好きだと思うと、てらいのない言葉をくれた。

（だが……それを、そんなことはありえないとはね付けたのは僕だ。僕は……本当は、あいつが寄せてくれた好意に……応えたかったのか……？　いや、今も、彼からの連絡をそういう意味で心待ちにしていたのか？　本当に？）

自問自答したところで、答える者は誰もいない。

確かめるしかない、と透は思った。

芹沢に会って、彼の気持ちも、自分の本当の気持ちも確かめてみたい。

もし梅枝の推論が正しければ、それは芹沢にとっては迷惑な行為になってしまいかねない。それは重々わかっていても、透は芹沢にもう一度会いたいという衝動を抑えられなくなっていた。

（探そう。あいつの行方がわからないのなら、闇雲に探そう。もう一度会って話せるまで、僕は諦めるべきじゃない。あらゆる意味で、このますべてを放り出していいわけがない）

いったん心が決まれば、透は決して揺らがない。

（実家の貸し農園を手伝い、野菜を得ていると言っていた以上、仕入れ先を新たに探さなければならないほど遠くへは行かないだろう。そして、あいつがカレー屋以外の店を開くとは思えない。ということは、市内……いや、広げても県内で、新規開店したカレー屋を探せば、いつかは見つかるはずだ！）

自分の心には疎くても、論理的な思考は大の得意である。透は実にテキパキと芹沢の「店」のありかを推測し、今後の方針を立てると、決意を込めて深く頷いたのだった……。

＊　　＊

その日から、透は芹沢を探し始めた。

とはいえ、平日に休みを取って探し歩けるほど、研究員の仕事は暇ではない。そこで、あらかじめ電話帳やインターネットや雑誌で情報を集め、週末にそれを元に現地へ行って確かめることにした。

最初の週末、透は芹沢の店の可能性がある店舗の情報をプリントアウトした候補リストを手に、電車に飛び乗った。そして、土日の丸二日、朝から晩まで、地元を中心にあちらこちらの店を巡った。

そこで芳しい結果が得られなかったため、翌週は範囲を広げ、さらに同じやり方で捜索を続けた。

新規開店情報は勿論のこと、あるいは「店を持った」という移動販売車を引き継いだ男の言葉が間違っていた可能性も加味し、チェーン店以外のカレー屋やインド料理店、その他のエスニック料理店も軒並みリストに加えた。

それでも、三週間に渡って緻密に探し回ったにもかかわらず、芹沢の店、あるいは芹沢が勤めている店を見つけることはできなかった。

研究職だけあって基本的に粘り強い透も、さすがに焦りと苛立ちの色を隠せなくなってくる。

そして、四週目の水曜日。透は久しぶりの日帰り出張に出掛けた。

実験器具や試薬、実験機器の展示会が、地元の大きなホールで開催されているので、上司と共に足を運んだのだ。

ガジェット好きの透にとって、それは久しぶりに心躍るイベントだった。

新しい器具に実際に触れ、デモンストレーションを見学し、サンプルやパンフレットを集めるだけでも楽しいのに、たいていのブースでは、ちょっとしたノベルティをくれるのだ。

たいていはボールペンやクリップ、クリアファイル程度だが、太っ腹な会社だと会社のマスコットをあしらった小さな時計や、広告入りのセロハンテープや、携帯電話につけられるほど小さなペンライトをくれたりもする。

おかげで、広い会場を一周しただけで、大きな紙袋いっぱいに様々なグッズを集めることができた。業務面では勿論、コレクターとしての収穫にも大満足して、透は会場を後にしたのだった。

外に出ると、辺りはもう薄暗くなっていた。いわゆる夕方の、会社員にとっては「飲みに行っていいかどうか微妙に迷う時間帯」である。

透の上司は物欲しそうに通り沿いの居酒屋を見たが、透がそういうつきあいの席が好きでないことを知っているのか、あるいは愛想のない部下と二人きりでいるのが多少煙たいのか、敢えて寄り道には誘わず、「直帰する」と透と別れた。

ひとりになった透は、とりあえず職場に戻ることにした。もう急ぎの仕事はないが、展示会で半日潰してしまうと、どうも働いた気がせず物足りないのだ。

夕暮れの賑《にぎ》やかな通りを駅に向かって歩きながら、彼は何度か紙袋を見下ろし、チラリと垣間見えるグッズを覗き見て口の端を緩めた。

上司が、かなり高価な真空凍結乾燥機の導入に前向きな姿勢を見せたため、ブースの担当者が気をよくして、透に洒落たデザインのボトルスタンドをくれたのである。

決して高価なものではないが、綺麗なクリアブルーの塩化ビニール製で四段の階段状になっている。小さめのプラボトルをズラリと並べれば、ひな人形さながらの愛らしい光景を作り出せるはずだ。

「！」

そんな他愛のないことを考えながら歩いていた透は、弾かれたように立ち止まった。後ろから来ていた人々が、突然動きを止めた透をやや迷惑そうに見やりながら、両脇を通り過ぎていく。

だがそんなことにも気付かず、透はただ自分の鼻に意識を集中していた。

（この匂い……！）

人間が感じる「味」というのは、実は味覚と嗅覚の情報を統合したものである。味に敏感な透は、舌だけでなく、鼻も相当鋭い。その鼻が、漂ってきた微かな匂いをキャッチしたのだ。

それは、カレーの匂いだった。

しかも、ここしばらくあちこちの店を巡り続け、そのたびに「……違う」と失望を繰り返しつつ、なおも諦めず追い求めていた懐かしい匂いだった。

スパイスのエッジが立っているのにどこか優しい丸みのある香気。そこに交じる野菜の野性味のある香り。

鮮烈で、刺激的で、それでいてすべての要素が熟成し、調和した穏やかさのあるカレーの匂いだ。

(間違いない……これだ!)

透はすぐさま確信した。

彼が嗅ぎつけたのは、紛れもない芹沢の作るカレーの匂いだった。

「どこだ……?　どこからこの匂いが……?」

他人が見たらさすがに奇妙な光景だっただろうが、透は軽く上向き、風を嗅ぐ鹿《しか》のような趣で、カレーの匂いを追って歩き出した。通りに沿って歩くほどに、カレーの匂いは徐々に強くなってくる。

そして……。

「ここか。……おや」

それまで確信と期待に満ちていた透の顔に、困惑の色が浮かぶ。

彼がカレーの匂いに導かれ、たどり着いたのは、表通りから一本入った細い路地だったのだ。

周囲には小さな、ＤＩＹで改築したような雑貨屋や洋服のショップ等が並んでおり、いかにも若者向けの穴場ストリートといった感じである。

そんな中、透が求めるカレーの匂いは、小洒落た感じのカフェの中から漂ってきていた。

しかし、白いペンキで塗られた木製の扉は閉ざされ、営業中の札も何も掛かっていない。店の前にメニューボードなども出ていないし、ガラス窓から見える店内には客がおらず、灯りも点いていないようだった。

おまけに、よくよく見ると、扉には店名を書いてあったであろう小さなプレートを剝がした痕《あと》が残っている。

「……営業していないようだな。だが、確かにここから……」

躊躇いながらも、透は勇気を振り絞り、扉の取っ手に手を掛けた。押しても開かなかったが、試しに引いてみると、驚くほどすんなり扉は開いた。

（鍵が、かかっていないのか）

自信半分、不安半分で、透は思い切って店の中に足を踏み入れた。

店内は、素朴かつ質素なインテリアでコーディネートされていた。無垢《むく》の床には埃《ほこり》が溜まってはおらず、北欧家具らしき白木のテーブルの上には、同じく白木の椅子が逆さまにして上げてある。

（奥から、物音がするな）

厨房は、おそらく店の奥にある白壁の向こうだろう。サイドから、蛍光灯の明かりが漏れている。

声を掛けようかどうしようかと透が躊躇しているうちに、さっき扉を開閉した音に気付いたのだろう。足音がして、奥からのそりと人影が現れた。

暗がりでも、その大柄なシルエットが芹沢のそれだとすぐわかる。久しぶりに見た芹沢の姿に、透の心臓は、胸を破りそうな勢いで跳ねた。

一方、明るい厨房から出て来た芹沢のほうは、窓に背を向けて立つ透の顔が見えにくいらしい。どこか馬を思わせるつぶらな目を細めた。

「すみません、鍵掛けてなかったんで俺が悪いんですけど、店、まだやってな……！」

申し訳なさそうに数歩近づいてきた芹沢は、侵入者が透だと気付いた瞬間、酷く驚いた様子だった。

「え……っ？　か、加島、さん？」

裂けんばかりに見開いた目と薄く開いたままの口と、上擦った声。それをどう解釈していいかわからず、透は早鐘のように打つ心臓を持て余しつつも、何か言わなくてはと口を開いた。

だが、彼が言葉を発する前に、目の前の芹沢の顔が、目に見えて曇った。そして、その口からボソリと低い声が漏れた。

「……会いたく……なかったなあ」

「……ッ！」

久しぶりに聞いた、とても懐かしく思える声。だが、その声が紡いだ言葉は、鋭いナイフのように透の胸を抉《えぐ》った。

（やはり、梅枝の言うことが正しかった……のか……）

よろめいた拍子に、透は一歩後ずさった。エプロン姿の芹沢は、まだ信じられないという顔つきで、一歩踏み出す。

「あ……いや、あの、俺」

「……ぐ、偶然、と、と、通りかかって、その……す、済まなかったッ、無神経な真似をした」

ようやく聞き取れるくらいの掠れ声で、それだけ言うのが精いっぱいだった。芹沢がそれ以上近づいてくるのが怖くて、「会いたくなかった」ともう一度繰り返されるのが怖くて、透はいつもの落ち着きや思考能力を瞬時に失っていた。

「もう……来ないから、安心し……っ」

これ以上この場所に留まる勇気がなくて、透は芹沢に背中を向けた。扉を押して、店の外に飛び出す。

「加島さんっ！」

呼び止めようとする芹沢の声を背中に聞いたが、足を止める気はなかった。全速力で表通りに走り出て、流しのタクシーに飛び乗る。

固いシートに収まり、透はようやく小さな息を吐いた。

（これで……あれ以上のネガティブな言葉を聞かずに済む……）

「お客さん？　どちらまで？」

「あ……ああ、すみません。ええと……K市のM町まで」

運転手に面倒くさそうに問われ、透は会社へ戻ることなどすっかり忘れ、動揺を必死で隠して自宅の住所を告げた。わかりましたとも言わず、運転手はやはり億劫《おっくう》そうにハンドルを握り、車を発車させる。

（会いたくなかった……そう言われた……）

芹沢を捜して会えたところで、歓迎されるとは限らない。いや、むしろこれまでの経過から考えて、迷惑がられる可能性のほうが大きいと覚悟はしていたはずだった。

だが実際に、あの芹沢から……ずっと他愛ない、けれど常に親しみに満ちた明るい言葉ばかりを吐き出していたあの口から、「会いたくない」とああもはっきり言われると、その破壊力は、透が予想していたより遥かに大きかった。

(わかっていたはずなのに。それでもいいからと、思っていたはずなのに)

たとえ歓迎されなくても、会話を拒否されても、とにかく最低限、謝罪と賠償についての話をして帰ろう。そう心に決めていたはずなのに、芹沢の顔を見て、あの残酷すぎる一言を聞いた瞬間、段取りは透の胸からすっぽり抜け落ちていた。

ろくな話もできずに逃げ出してきた挙げ句、今、タクシーの中で、油断すると無様に涙ぐんでしまいそうだ。

(今は……家に着くまでは、何も考えるな。何も)

自身に繰り返しそう言い聞かせ、透は死んでも車内で涙をこぼさないよう、ギュッと目をつぶった……。

それから二時間後。

どうにか無事に自宅に帰り着いた透は、リビングでソファーに横たわっていた。几帳面な彼にあるまじきことだが、脱いだジャケットはソファーの背もたれに引っかけたまま、その上に解いたネクタイも放り投げてある。

帰宅してからずっと、透はそこにいた。

着替える気力もなく、襟元を緩めたワイシャツとパンツ姿だ。

大事に運んでいたノベルティ満載の紙袋も放り出したままで、床の上に数個のアイテムが転げ出てしまっている。

惰性でつけたテレビの画面では、芸能人を集めたクイズ番組をやっているが、内容はまったく頭に入ってこなかった。

「……皮肉なものだ。探しても会えなかったのに、あんな偶然が……」

柔らかなクッションに頭を預け、透は独りごちた。

芹沢の姿を、あの人懐っこそうな顔を見た瞬間、透の胸は、懐かしさと嬉しさで震えた。

拒まれる可能性は大きいと予想していたはずなのに、「会いたくなかった」の言葉一つで、いとも簡単に動揺し、信じられないほど深く傷ついた。

(あの朝、僕が好きだとあんなにハッキリ言ったくせに)

そんな非難めいた台詞まで、胸に去来する。あれはアルコールが言わせた戯言《ざれごと》だと言ったのは透自身なのに、自分がいかにその言葉を心の拠《よ》り所にしていたか、痛感させられた。

そうした事実の一つ一つが、透がいかに芹沢が好きかを雄弁に物語っている。

「僕は……あいつのことが」

好き、と言いかけて、透は口を噤んだ。

そんなことを今さら知ったところで、もう何にもならない。

一度は彼が寄せてくれた好意を拒んだのは、透自身だ。今はもう、何もかもが手遅れなのだ。

「だから……もう、誰かを好きになったりすべきじゃなかったんだ。僕は、誰かを好きになるたび、こうしてボロボロになる運命なんだ、きっと……」

そんな情けない繰り言が、透の唇から零れる。

もう、誰も好きになるまい。こんな思いをするくらいなら、ずっと心を凍らせて生きていくほうがマシだ。

透が再びそんな決意を固めようとしたとき……。

ピンポーン！

ダイニングキッチンの壁に取り付けられたインターホンが、マンションのエントランス前に来客が来ていることを告げた。

おそらくは何かの配達だろう。居留守を使えば、宅配ボックスに荷物を入れて帰ってくれるはずだ。応対すら物憂くて、透はクッションから頭を浮かせることもせず、横たわったままでいた。

ところが、インターホンの音は、恐ろしく執拗に鳴り続ける。

「……しつこいな！」

あまりのことに苛ついた透は、仕方なく立ち上がり、ダイニングキッチンへと向かった。

すると……インターホンのカラーモニターに映っていたのは、あろうことか、さっき自分に「会いたくなかった」と口走った、芹沢その人だった。

「な……何のつもりだ？」

狼狽えつつも、透は通話スピーカーのスイッチを入れた。

「……何だ？」

他に何と問えばいいかわからず、どうにかそれだけ口にした透に、スピーカーの向こうから芹沢の呟き込むような声が聞こえた。

『すいません！　どうしても言わなきゃいけないことがあるんで、部屋、入れてください』

「な……っ!?」

その言葉に、透の心は酷く混乱する。いつもは選び抜いた言葉を発するはずの唇は、動揺した気持ちをそのまま声に出していた。

「どういうことだ。さっきは会いたくないと言い、今は家に入れろと……。僕を翻弄するのもいい加減にしてくれ。悪いが、賠償の要求なら、今、直接聞く余裕が僕にはないんだ。メールか文書か、あるいは……」

『賠償とかじゃなくて！　カレー！』

「……は？」

キョロキョロして、ようやくインターホンのテレビカメラの位置に気付いたらしい。芹沢は、まっすぐカメラのほうを向く。まるでモニター越しに目が合った気がして、透はギヨッとした。

しかし次の瞬間、そんな透の眼鏡の奥の目が、キョトンと瞬いた。芹沢は、カメラに向かって、両手に持っていた鍋を突き出したのだ。

『カレー！　作りかけだった奴、慌てて仕上げて持ってきたんですよ！　だから部屋、入れてくださいってば』

「……い、意味がわからない……」

視界いっぱいに映るシチュー鍋と芹沢の骨張った手を見ながら、ほとんど独り言のような声で、混乱しきった透は呟く。その声をちゃんと拾った芹沢は、鍋を引っ込めた。再びモニターに、芹沢の真剣な顔が映る。

『いいから！　入れてくれたら、わかるように説明しますよ。……俺、これを加島さんに食べさせるまで、ぜーったい帰りませんからね！　入れてくれなかったら、カセットコンロ買ってきて、この入り口前でカレーを温めながら、加島さんが出てくるまで待ちますよ！』

「やめてくれ！」

透は蒼白になって叫んだ。

今の職場に異動してきたとき、心機一転、そして清水《きよみず》の舞台から飛び降りるつもりで購入したマンションである。十五年ローンを組んでいるというのに、芹沢にそんなところで堂々とカレーをグツグツやられては、ここに住み続けられなくなってしまう。

「開ける、今開けるからちょっと待てっ」

よく考えたらずいぶんと間抜けな脅迫なのだが、そうでなくても動揺しきっていた透は、思わずエントランスキーを遠隔操作で開けてしまった。

『すぐ、そっち行きます！』

そんな声を残し、芹沢と鍋はモニターの視界から消える。

「ほ……本当に……いったい、何なんだあいつは……」

もはや文字通りヨレヨレになった透は、混乱しきった頭を片手でどうにか支え、重い足取りで玄関へ向かった。

ブーッ！

すぐ行くと言っただけあって、驚くべき早さで今度は玄関のインターホンが鳴る。

「……早すぎる。僕に少し落ち着く時間くらいくれたって……」

思わず呟いた透だが、そんな彼を急かすように、芹沢は玄関のドアを拳でどんどんと叩いた。

「開ける！　開ければいいんだろう！」

ガチャッ……。

半ばヤケクソ状態で玄関の鍵を開けた瞬間、物凄い勢いで扉が開き、片手でシチュー鍋を器用に抱えた芹沢が、スルリと身体を玄関に滑り込ませてきた。まるで、一瞬でも隙を与えれば、透が再び扉を閉めてしまうのではないかと警戒しているかのような早業だった。

ようやく明るいところで顔を合わせ、二人は数秒、無言で見つめ合う。

唇は僅かに動くものの、何も言えずにいる透に、さっき薄暗い店内で見たのと同じエプロン姿の芹沢は、照れくさそうにクシャッと笑い、両手でシチュー鍋を持ち直して言った。

「ふう、やっと会えた。なんか、アレみたいですよね。天の岩戸？　女神様が怒って洞窟《どうくつ》に蓋してこもっちゃったのを、洞窟前でみんなでどんちゃん騒ぎをして誘い出したって奴。俺は、怒って帰っちゃった加島さんを、カレーで引っ張り出し……てはないけど、俺が入れてもらっちゃえました」

芹沢の真意が見えず、どう反応すればいいのかさっぱりわからない透は、混乱を隠し通すこともできず、弱々しい声で抗議した。

「変なものにたとえるな！　というか、いったい何のつもりだ。さっき、僕に会いたくなかったとあんなにハッキリ言っておきながら、お前から訪ねてくるとか……」

「あ、それ失言でした。すいません。だけど、加島さんも加島さんですよ。フォローする暇もくれずに、出て行っちゃうんだもん。俺、通りまで追いかけたのに、いきなりタクシーで逃走とか、素早すぎるでしょ」

「僕は別に逃走したわけではっ」

「あー、重ねてすいません！　怒らないで、話聞いてください。お願い！」

「うう……」

上がり框《かまち》に仁王立ちになっている透が、こちらは靴を履いたままの芹沢の顔を軽く見下ろす関係性なので、芹沢は心持ち上目遣いに懇願してくる。透は仕方なく、リビングのほうに顎をしゃくった。

「……とにかく。こんなところで立ち話するわけにもいかない。散らかっているが……上がってくれ」

「はいっ！」

芹沢は心底嬉しそうに、大事そうに鍋を持ったままスニーカーを脱ぎ捨てた。

透が大慌てで脱ぎ散らかしたものを片付けたソファーに、二人は微妙な距離を空けて並んで座った。シチュー鍋は、とりあえずキッチンに置いてある。

身体を透のほうに向け、芹沢は改めてペコリと頭を下げた。

「すいません。ホントすいません。俺、ビックリし過ぎてあんなこと」

「………………」

透は無言のまま、眉間に浅い縦皺を刻む。怒っているわけではないのだが、未だに一連のショックから立ち直れていないのだ。芹沢は、酷くしょんぼりした顔でボソボソ自分の台詞を繰り返した。

「その……会いたくなかった、って。あれ、違うんです」

「……何がどう違うんだ？　誤解のしようのないフレーズだし、お前がそう思うのも当然だと思う」

「いやあの、そうじゃなくて」

「無神経に、店にまで押しかけ、不快な思いをさせてすまなかった。も……もう二度とあいったことはしないから、安心してほしい。本当に申し訳な……」

「違うんですってば！　俺、いきなり店に加島さんが入ってきたから、ビックリしちゃったんです。マジで、口から胃が飛び出すくらいビックリして、そんでつい心ん中にあったもんが、そのまんま口から出ちゃったんです」

「そらみろ！　心の中にあったものが出たのなら、それは本心ということだろう。お前は僕に会いたくなかった。クリアにも程がある。二度も三度も思い知らせてくれなくても、僕はそこまで馬鹿じゃないぞ！」

「あーあー、だから違うんですってば。どうしてそう、ネガティブかなあ。心の中の言葉は俺専用だから、言葉がミニマムなんですよ。つか、ミニマムどころか足らないんです」

「……足らない？」

「そう。俺が言いたかったのはね、『あ、まだこの時点で会いたくはなかったなあ』ってことだったんです」

「……店で聞いたのと、同じだろう」

「違う違う！　全然違うんですよ！」

「……どう違うんだ」

「だって俺、前にこっから帰るとき、約束したじゃないですか。できるだけ近い将来、俺が加島さんのこと好きだってわかってもらえるようにするって」

「確かにお前はそう言ったが、別に考えが変わったとしても不思議は……」

「変わってません！　俺がホントに言いたかったのは、『今、このタイミングではまだ加島さんに会いたくなかったなあ』なんですよ」

透の眉間の皺が、ギュッと深くなる。

「……ますます意味がわからない。いつならよかったんだ？」

「もうちょっとだけ後。俺が、あの店をちゃんとオープンしてから！」

思わぬ言葉に、透はポカンとしてしまった。

「……まだ、オープンしていなかったのか？　僕はあの移動販売車を受け継いだ男から、お前が『新しく店を持ったらしい』と聞いたんだが」

それを聞くと、芹沢は眉尻を下げて少し情けない笑みを浮かべた。

「店を持ったは間違いじゃないですけど、まだ店、開けてなかったんですよ。明明後日がオープンの予定で」

「そう……だったのか」

「だからね。せめて店を無事にオープンしてから、加島さんに会いたかったなあって。そういうことなんです」

「………」

それまでガチガチに固まっていた透の身体から、少しずつ力が抜けていく。芹沢に拒絶されたのではなかったと知ったことで、透の再び閉ざされかけた心が、またゆっくりと開き始めた。

それを感じとったのか、芹沢はホッとした表情で言葉を継いだ。

「俺だって、男です。一度言ったことは、ちゃんと守ります。……あれから俺、ない知恵絞って考えたんですよ。どうやったら、俺が本気だってこと、加島さんにわかってもらえるだろう。どうしたら、俺を信じてもらえるだろうって。そんで、思ったんですよ。加島さんを幸せにできる環境をまず作ろう。せめて、一国一城の主になって、本気を見せようって」

透は啞然として、もはやカラカラの喉から声を絞り出す。

「まさか……それで、あの移動販売車を手放したのか？　同僚が言っていた。あれはこだわりの車種だと。大切な車だったんじゃなかったのか？」

芹沢は、少し寂しそうに頷く。

「確かに。見た目よりは全然ボロいんですけど、可愛いから気に入ってましたよ。でも、人気がある車種だからこそ思ったより高く売れて、今の店をオープンする資金を作ってくれました。新しいオーナーもきっと大事にしてくれると思います」

「……あの……店は？」

「小さくてもいいから店を持ちたいって、不動産屋をやってる友達に相談したんです。そしたら、ちょうどあの店が見つかって。潰れたのかと思ったら、カフェをやってた女性が、結婚を機に仕事を辞めたんだそうです。で、調理器具も内装品も一切合切譲ってくれるってんで、ありがたく貰って、あそこでカレー屋をやることにしたんです」

「そう……だったのか」

「大家さんもいい人なんですよ。家賃けっこう安くしてもらったし、店の二階に住めるし、よーし、ここで踏ん張って、俺、加島さんがどーんと頼れる男にステップアップするぞって心に決めてたから……その仕上げ段階で加島さんが店に来ちゃって、驚くやらガックリ来るやら……」

「そ……そう、だったのか……というか、何だそれは！」

「それってどれですか？」

「僕を幸せにするとか、僕がどーんと頼れるように、とか……」

「いや、だって！」

芹沢は急に照れくさそうな顔をして、頭を掻いた。

「やっぱほら、加島さんが乗っかったってことは、俺がやらせてもらったってことで……つまりポジション的には、加島さんが嫁さんってことだよなって思って」

「よ、よ、よ、よ、嫁ッ!?」

あまりの言葉に、透の声が見事に裏返る。透の想像力の遥か上空をいく決意を固めていたらしき芹沢は、目元を赤らめながらもこっくり頷いた。

「やっぱ、こんな賢そうでエリートの人に嫁に来てもらうためには、俺、頑張らなきゃって思ったわけですよ。だから、せめて店をオープンさせてから、もっぺんここに来て、加島さんに改めてプロポーズするつもりだったんです。俺に、幸せにさせてやってくださいって。俺のこと、今はまだ無理でも、将来的には信じさせてみせますからって」

「…………！」

いったんは緩んだ透の身体に、またしてもジワジワと力が入り始める。胸の中に、驚きと安堵と苛立ちと怒りと喜びがグルグルと渦巻き、透の感情は、ついぞなかった高まりを見せていた。

「あの……加島さん？」

「再度、何だそれは！」

自分でも驚くような大声で怒鳴り、透は思わず立ち上がった。握り締めた両の拳が、ブルブルと震えている。

「な……何だ、って」

呆然として自分を見上げる芹沢の顔を睨みつけ、透は色白の顔を上気させて声を荒らげた。

「僕は……僕は、てっきりお前が僕のことを忘れたいんだと……！　それで車も売り払って、どこか僕が知らないところで店を開くことにしたんだと、そう思ったんだ。でも、僕はまだお前に償っていない。だから、何としても会って、お前と話さなくてはと思って。それで、それで、ずっと探して……あちこちのカレー屋やインド料理を渡り歩いて……」

「加島さん……」

よもや、透が自分を捜し回っていたとは夢にも思わなかったのだろう。今度は、芹沢の顔に驚きの色が広がっていく。

「三週間もそんなことを繰り返してみろ！　今や僕は、このあたりのエスニック料理屋の場所を、ほとんどすべて把握しているぞ！　どうしてくれるんだ、この無駄な知識を！」

気持ちが昂ぶりすぎて、怒りの方向が若干的外れな方向に進んでいるのだが、本人にはそのことに気付く余裕はない。透は地団駄を踏みそうな勢いでまくし立てた。

「だいたい、何だ嫁とは！　ただ一度、あんなことになったからって、何もそんなところまでお前が思い詰める義理なんかない。僕はどうせ、裏切られるのには慣れている。人の心は変わるものだし、僕は誰も信用しな……」

「嘘だから、それ」

やけにきっぱり断言するなり、芹沢は立ち上がった。そして、有無を言わさず、今度は自由な両手で透を抱きすくめた。ギョッとした透は、身もがいて力強い腕から逃れようとする。

「なっ……！　は、離せっ！　腕力に物を言わせるのは、卑怯《ひきょう》だぞ！」

「……こないだ、俺の両手を縛った人が、それを言いますか」

「うっ」

グッと言葉に詰まり、透は動きを止めた。そんな透の華奢《きゃしゃ》な身体をスッポリ自分の身体で包み込み、芹沢は宥めるように低い声で言った。

「ふう……。こないだの夜も、ホントはこうしたかったんですよ、俺。加島さんの過去に何があったのか、俺は知りません。だけど……加島さんが大好きだった誰かが、心変わりして、約束破って、加島さんを傷つけたんだ……ってことはわかります」

「…………」

透は何も言わなかったが、それは言葉より雄弁な肯定である。芹沢は、宥めるように透の痩せた背中を撫でながら、ゆっくりした口調で話を続けた。

「世の中に確かなものなんてないのかもしれないけど。だからって、信じることとか、望むこととか、誰かを好きになることとかを、諦めたり避けたりするのは寂しすぎる。俺、そう思います」

「芹沢……」

「……たかがひとりにこっぴどく捨てられたからって、この先一生、人間なんか信じないって意地張って生きる必要なんかないですよ。加島さんを捨てるようなつまんない男のために、加島さんが一生、傷つき続ける必要なんかないです」

「…………」

芹沢の真っ直ぐな言葉と、誠実すぎる行動が、透の胸を強く打った。

四年間、不倫関係を続けた上司は、甘い言葉と抱擁で、愛人としての透からは真心を、部下としての透からは研究結果とアイデアを搾取し続けた。そして、妻に関係を知られそうになると、実にスッパリと透を切り捨てた。

何度も「本当に好きなのはお前だ」と囁いた唇が、「お前と家族なら、家族が大事に決まっているだろう」と吐き捨てるのを、透は信じられない思いで凝視し、聞いた。

その別れが透の胸に刻みつけた、一生癒《い》えることはないと思っていた深い傷を、今、芹沢の体温がゆっくりと埋めていく。

「あの夜……酒飲んで、いっぱい喋るうちに、加島さんが笑顔いっぱい見せてくれるようになって、ああこれがホントのこの人なんだなってわかりました。俺は、加島さんが好きです。加島さんにいつも笑っててほしいし、自分が加島さんを笑わせたい。そのために、年下だけど、もっとしっかりした男になろうって……」

「……だから。そんな必要はない」

　ボソリと言って、透は今度こそ全身の力を抜いた。白い額を、芹沢の広い肩にポスンと落とす。

「え？　あ、あの、やっぱ俺じゃ駄目……ってことですか？」

　途端に不安げになる芹沢に、彼から顔を隠した体勢のまま、透はボソボソと言った。

「馬鹿。お前は今のままで十分頼もしい……という意味だ」

「……わあ！」

　短いが、最高に嬉しそうな声がしたと思うと、息が止まるほど芹沢に抱き締められ、透はその温もりをしみじみと味わった。

　やがて芹沢は、片手でそっと透の顔を上げさせた。

　透は誘うようにそっと目を伏せ、芹沢はいかにもドギマギした様子で、いかにも不慣れで無骨なキスを透の唇に落とした。透とて、梅枝のように恋愛巧者ではない。唇どころか身体まで、細かい震えを帯びている。

その初々しさに、唇を離した芹沢は妙に嬉しそうな顔をした。

「そういや、もうあんなことは経験済みなのに、キスすんのは初めてですよね。それに、酒飲んでない加島さん、めっちゃくちゃ可愛い」

「……年上を可愛いとか……ッ」

「可愛いもんは可愛いですよ。あの夜のザ・肉食獣って感じの加島さんもエロかったけど、今の小動物みたいな加島さんは、もっと……もっと、何ていうか、素敵で、可愛くて、やっぱエロい」

いかにも嬉しそうにそう言って、芹沢は透の鼻の頭に音を立ててキスをする。

「…………………ッ！」

正面切って絶賛され、透は何か言い返してやろうと口を開く。そのタイミングを計ったように、芹沢は深いキスを仕掛けた。

「んっ……ふ、んんっ……」

口腔に遠慮なく忍び込んでくる芹沢の舌に、透は拙《つたな》く応える。きっと味見を繰り返したのだろう、芹沢の舌は、あの馴染みのカレーの味をほのかに帯びている。

そのことに気付いてしまった自分の味覚の鋭さが滑稽《こっけい》でもあり、もう誰も好きにならないとあんなに誓っていた自分が、あっさり陥落してしまったことが少し悔しくもあり、とはいえ、こうして再び誰かを好きになれたことが嬉しく、くすぐったくもあり……。

そんな諸々《もろもろ》の想いを芹沢に伝えたくて、透は初めて芹沢の背中に両腕を回し、おずおずと抱き返した。途端に芹沢はビクッと体を震わせ、目を開く。

「……ホントに？」

僅かに唇を離し、芹沢はそんな短い言葉を囁いた。

本当に、加島さんも俺が好きですか、と、優しい黒い瞳が、唇の代わりに透に問いかけてくる。

本当だ、と言葉で答えるには照れ屋すぎる透は、何も言わずに芹沢を抱く腕に力を込めた。

「嬉しいな。……凄く、嬉しいな」

耳元で聞こえるしみじみした声に、透も素直な気持ちを帰した。

「不思議だ。僕も……お前が嬉しいことが、嬉しい」

「……ッ！」

不意打ちの睦言《むつごと》に、芹沢は息を呑んだ。時間差で、透も小さな喉声を漏らす。

ぴったりと抱き合っているせいで、芹沢の下半身の熱が急に高まったのを、透はダイレクトに感じてしまったのだ。

「今のは来たなあ……。あの……その、ガツガツしてて申し訳ないんですけど、今度はお互い素面で仕切り直しってことで……いいですか？」

芹沢の直裁な誘いの言葉に、透は耳まで真っ赤に染めて、こっくりと頷いた……。

「んっ……あ、はっ」

ベッドサイドの灯り以外は落とした寝室に、透の押し殺した喘ぎと、二人分の体重にマットレスが軋む音が響く。

前回は一方的に透に貪《むさぼ》られるばかりだった芹沢だが、今夜は透を組み敷き、余すところなくその痩軀に触れ、口づけていた。

細い首筋や、浮き立った鎖骨、控えめな胸の色づき、そして贅肉《ぜいにく》の欠片もない脇腹、削《そ》げた腹、そして……驚くほど白い内股。

どこに触れ、口づけても、透は驚くほど敏感に反応し、身を震わせた。それが拒否反応でないことは、徐々に頭をもたげ、質量を増していく欲望の姿が証明している。

片手を口に当て、必死で声をこらえようとする意地っ張りなところも、最初はひんやりしていた肌が、次第に熱を帯びてしっとり湿っていくさまも、前回と違って酷く恥じらう様子も……今夜の透のすべてが、芹沢の雄の衝動を激しく煽《あお》った。

それでも、滅茶苦茶に抱いてしまいたいとは思わない。ひたすら大事に、慈しみたい。

そんな想いが、執拗さと連動してしまうのは皮肉なことだ。

「もっ……もう、いい……からっ……」

さっきから延々と前を擦られ、後ろに指を抜き差しされ、二度も上り詰める羽目になった透は、もはや息も絶え絶えだった。なおも敏感になった前に触れてこようとする芹沢の手を初めて振り払い、「挿れろ」と命令口調で懇願する。

「本当に？　加島さん細っこいから、壊しそうで怖くて」

「……うる、さいっ……！」

細いと言われた腹いせか、あるいは本当に切羽詰まっているのか、透は片手を伸ばすと、透の嬌態だけで固くそそり立った芹沢の楔をギュッと握った。

「うっ……ちょ、そ、そんな不意打ちって……ヤバイから」

こんなときでも冷たい手の刺激に、芹沢は未遂で暴発する危機を必死でこらえ、やり過ごす。

「いつまでも、焦らす……からだ」

してやったりの顔で言い返し、透は恥じらいながらも、みずから膝を高く立てる。

その膝裏を掬い上げ、芹沢は、初めて自分から、熱い切っ先を十分に解れた透の後ろに当てた。

「うっ……ん、んぅ」

つぷ、と突き入れると、透は鼻にかかった声を上げ、少し苦しそうな顔をした。だが、努めて深い息をして、必死で芹沢を受け入れようとする。

相変わらずのきつい内腔と、驚くほど熱い粘膜のうねりに、芹沢は低く呻いた。

しかし、前回がまさに透が芹沢を食い締めるという感じだったのに比べて、今は互いの気持ちが通じ合っているからだろうか。透の中は包み込むように芹沢を迎え入れ、芹沢の熱塊も、誂《あつら》えたようにぴったりと透の身体に馴染む。

透の身体の強張りが解けるのを待って、芹沢はゆっくりと抽挿《ちゆうそう》を始めた。

「あ……っ、ん」

探るように動かすうち、芹沢の切っ先が透の快感の源を捉える。そこを擦り上げると、透の素直な茎は、震えながら透明な雫《しずく》を零した。

「ふっ、あ、あ、あっ……」

やがて、芹沢の動きが速くなり、透のあえかな声も徐々に単調になっていく。無意識に芹沢の背中にしがみつき、立てた爪が、透の限界が近いことを芹沢に伝えていた。

「俺……も、もう駄目っぽいんで」

そう言うと、芹沢はさらにグッと深く腰を進めた。

「あぁッ」

透がひときわ高い声を上げる。より強く互いの下半身が密着し、透の勃ち上がったものが、二人の腹の間で擦り上げられた。たちまち、透はもう少し先だと思っていた限界へと追い上げられていく。

「ずる……っ、い……！」

「だって、俺が先にいっちゃうの、ちょっとさすがにっ、恥ずかしい……っ」

「僕だっ、て……あ、あああぁッ」

抗弁を封じるように強く奥を突かれて、透はなすすべもなく弾けた。反射的に収縮する後腔の強い締め付けに、芹沢もウッと喉の奥で声を漏らし、全身を強張らせて動きを止める。

次の瞬間、透は、自分の身体の奥深いところで、芹沢が震え、達するのを感じた。

「心配……しなくていいです」

荒い息と共に、そんな言葉が透の耳に吹き込まれる。何が、と無粋な問いを発することなく、透はのし掛かってくる暑苦しいが心優しい男の背中を、ギュッと抱き寄せた……。


荒々しい呼吸が静まり、気怠《けだる》い身体を寄り添わせていると、安らいではいるものの、どこか気恥ずかしい空気が漂う。

いっそ眠ってしまおうかと透が思案していると、芹沢がおもむろに身を起こした。

「シャワーを浴びるなら、タオルを……」

透も起き上がろうとすると、芹沢は片目をつぶってかぶりを振った。

「いやいや。それはまた後で。どうせならバスタブにお湯張って、一緒に入りましょうよ」

「なっ……！　だ、大の男が二人でそんな恥ずかしいことを。というか、第一、狭い！」

せっかく元に戻った白い顔をまた赤らめて、透は恥じらう。そんな透に、芹沢は小さく噴き出した。

「色気ないなあ。その狭いのがいいんじゃないですか、ラブラブで。……まあでも、ちょっとそのまま待っててください」

そういうと、彼は下着だけを身につけ、寝室を出て行った。

「……何だ……？」

不思議に思いつつも、この前のお返しといわんばかりに存分に貪られた身体は、クタクタに疲れてしまっている。透は、グッタリと枕に頭を預け、心地よい疲労にまどろみながら待っていた。

やがて、芹沢がカフェオレボウルを手に戻ってきた。

「慌てたんで、ご飯持ってくるの忘れちゃったんですけど……でも、とりあえず味見してください」

そう言って差し出されたカフェオレボウルの中には、彼が持参したカレーがたっぷり入っている。透はもそもそと起き上がり、カフェオレボウルを受け取った。芹沢も、再びベッドに潜り込んでくる。

「これが、新しい店で出すカレーか？」

「そうです。あんま変わり映えしないし、例によってあるもの使ったカレーですけど、でも、あの夜に加島さんにもらったアドバイスに従って、改良したんですよ。ほら、早く食べて食べて！」

「……そう急かすな」

ワクワクしている芹沢を焦らすように、透はまず、ボウルに鼻を近づけ、匂いを嗅いだ。

「なるほど。おろしたての生姜を使ったな。香りが爽快《そうかい》だ」

「そうそう。マジで違いが出るから、びっくりしちゃいました」

「それがわかるなら、お前の舌と鼻も捨てたものじゃない」

そう言いながら、透はスプーンを取り、カレーをたっぷり掬って口に運んだ。

「えっと、今日の試作品は、鶏団子《とりだんご》と蕪と、レンコンのカレーです。鶏団子にも、生姜はたっぷり」

「臭み消しだな。……ニンニクも控えめになった」

「芽を取って、最初に油に匂いを移すだけにしました。そのほうが、味も香りもマイルドになるし、食べやすくなるかなと思って」

「なるほど。本当に僕のアドバイスをちゃんと聞いていたんだな」

「あったり前じゃないですか！　ねえ、どうですか？」

「旨い」

透は簡潔に、しかし心を込めて即答した。

鶏挽《ひ》き肉とタマネギで作った鶏団子はふわふわで、蕪もとろけるほどに柔らかい。その歯ごたえのなさを補うように、大きめの乱切りにしたレンコンには、シャクッとした場所とほっくりした場所が混在している。

味のマイルドさもさることながら、食感も楽しいカレーを十分に味わい、透は満足げに息をついた。

「ホッとする味だ。これなら、毎日食べ続けられる」

「ホントですか？　やった！　加島さんにお墨付きをもらったら、自信を持って開店できますよ」

芹沢は心底嬉しそうに相好を崩す。

「僕の味覚がすべてとは限るまい。……だが、そうだ。お前のカレーで思い出した。実は、お前に会わなければと思っていた理由がもう一つあるんだ」

「へ？　償い云々とかそういう話なら、もう……」

「それはもう、言わない。お前の気持ちはよくわかったから。……だが……いや、とにかく百聞は一見にしかずだ。今度はお前が待っていてくれ」

サイドテーブルにカフェオレボウルを置くと、透はベッドを出た。こちらは下着の上に、床に落ちていたワイシャツを羽織り、寝室を出る。

「……何だろ？」

不思議がりながらも、芹沢は大人しく待った。

ほどなくして戻ってきた透も、やはりその手に何かを持っている。ベッドの上に身を起こしていた芹沢は、すぐに掛け布団の端を透のために持ち上げた。

「そんな薄着で出て行ったら、寒かったでしょ。早く入ってください」

「大丈夫だよ。……ほら」

口では大丈夫と言いつつ寒そうに肩をすぼめた透は、持っていたものを芹沢に渡してから、ゴソゴソと布団に戻った。

「何ですか、これ。アイス？」

手が痛くなるほど冷たい、円筒形の小さな紙製の容器を矯《た》めつ眇めつして、芹沢は首を捻った。

透はどこか誇らしげに答える。

「お前があの夜にくれたアドバイスを僕なりに発展させて、考えてみたんだ。夏に、若い女性が喜んで手にとってくれるような気軽なスイーツ、しかもスパイスの香味を存分に味わってもらえるようなものを」

「マジですか？　じゃあ、これ……」

「プレゼンが通って、今、具体的な商品開発段階なんだ。『夏の身体を中から温める』をコンセプトに、アイスクリームとサプリメントを第一弾として発売する。これは、開発部からもらった試作品だ。どうしても、お前に食べてほしかった」

「じゃあ、身体を中から温めるアイス？　すげえ、面白い！　マジで食べても？」

「ああ。是非感想を聞かせてくれ」

今度は透が、眼鏡の奥の目を輝かせる番である。芹沢も嬉しそうに蓋を開け、まだ固いアイスクリームをスプーンで強引に掘り崩して口に放り込んだ。

外見は象牙色《ぞうげ》のバニラアイスに黒い粒が交じっているという風体だが、口に入れると、アイスクリーム本来の優しい甘さと共に、実にハッキリしたスパイスの風味が広がる。かなりインパクトのある味わいに、芹沢は目を丸くした。

「これ……黒い粒はコショウですよね？」

「そうだ」

「でもって、中に入ってるの……ガラムマサラ？」

探るように問われ、透は曖昧に頷いた。

「基本はそうだ。だが、クミンは外した。どうもアイスクリームと合わない気がしてな。シナモン、クローブ、カルダモン、コリアンダーの種、ジンジャー。チリもほんの少し入っている」

「あー、わかるわかる！　ホントにちょっとだけピリッとするんだけど、アイスのミルクが優しいから、刺激がいつまでも尾を引かないのがいいな。あと、何かもっと爽やかな味が……果物？」

「ほんの少しだが、オレンジピールを入れてある。オレンジにも、身体を温める働きがあるからな。……どうだ、味のほうは」

「すっごく旨いですよ。こんなにスパイスがハッキリしてるアイス、食ったことないです。これは斬新だなー。発売されたら、絶対話題になりますよ！　俺も買う！」

「……お前は買わなくても、僕が分けてやるよ。気に入ってくれたならよかった。まあ、もう少しそれぞれのスパイスのバランスを調整する必要はあるにせよ、おおむね上出来だと僕も思う。その代わりというわけでもないんだろうが、キャッチコピーは酷いのが採用されてしまった」

　透は急に険しい顔になってそんなぼやきを口にする。ばくばくとアイスクリームを平らげながら、芹沢は興味津々で訊ねた。

「どんなキャッチコピーなんですか？」

「……本当にくだらないんだ。聞かないほうがいい」

「そんなこと言われたら、気になるじゃないですか！　教えてくださいよ」

「……悪趣味な奴だ」

　酷く嫌そうな顔をしながらも、透は小さな声でボソッと言った。

「お口冷やして、身体冷やさず」

「ぶッ」

芹沢は容赦なく噴き出し、透は眉をキリリと吊《つ》り上げる。

「……おい！」

「す……す、す、すいませんっ。いや、何かちょっと、加島さんの口からそういうフレーズが飛び出すと、物凄い違和感が……ッ」

「笑うな！　別に、僕が作ったキャッチコピーじゃない！　これはプロのコピーライターの仕事であって……」

「わ、わかってます。わかってますけど、実際にこう、加島さんが言うと……いやホントすいません。あああもう、可愛いなあ加島さん」

「その可愛いというのは、やめないか！」

ますますまなじりを吊り上げて透は怒ったが、芹沢はニコニコして少しも動じず言い返した。

「やめません。だって加島さん、可愛いですよ。年下の俺が言うのも何だけど。賢いのに、変なとこ抜けてるし。すっごい恐がりで照れ屋で、寂しがり屋で、物知りで、かっこよくて……全部引っくるめると、やっぱ可愛いになっちゃうな」

「……もういい。何でもいいから、その話題から離れろ」

ゲンナリした顔でそう言い、透は嘆息した。アイスクリームをもりもり食べ終えた芹沢は「はー、満足した」と言いながら、ふと布団の上に出たままの透の手を取った。

「やっぱり」

そう言って、芹沢は少し心配そうな顔をする。

「な……何だ？」

いきなり手を握られてドギマギする透に、芹沢は自分の手で透の手の甲を擦りながら答えた。

「加島さん、冷え性ですよね。すげえ手が冷たいなって、さっき思ってたんですよ。さすがに途中からは、ちょっと温かくなったけど、やっぱまた冷えてる。……ほら、足も」

芹沢は布団の中で、透の氷のような足に自分の一回り大きな足をそっとくっつける。透は少し不満げに言い返した。

「昔からだ。別に困ったことはない。……だいたい、この冷え性がせっかくお前のカレーで改善しかけていたのに、しばらく食べていないから、また冷えた」

「……わお」

賛辞と文句を同時に言われて、芹沢は神妙に首を竦めた。

「すいません。えっと……あの、さっき食べた奴がきっと明日には効いてきますから！これからは、ずっとぽっかぽかですよ。絶対に、加島さんを冷やしたりしません！……

って、うわはー！　何言ってんの俺、恥ずかしい！」

いきなり奇声を上げ、片手でぱたぱたと自分の顔を仰ぎ始めた芹沢に、透は薄気味悪そうにかるくのけぞった。

「な、何だ？」

「いえ、何だかこう、すげえプロポーズの文句だなあと思って」

さりげなく芹沢が吐き出したとんでもない言葉に、透は耳を疑った。

「………プロポーズ………だと？」

当の芹沢は、確信に満ちて頷く。

「だってそうじゃないですか。『これからは絶対に加島さんを冷やしたりしません！』って『一生、カレーを作らせてください！』ってことでしょ？　こりゃ正面切ったプロポーズだな、ドサクサで言っちゃったな勿体ない！　っていう意味での、うわはー、でした」

「……それを察しろというほうが無理だと思うんだが。というか、プ、プ、プ、プロポーズだと……？」

「他の何ものでもないじゃないですか。ね！　どうですか？」

片手で透の手を握って捕まえたまま、芹沢はぐいと透に顔を近づける。さらにのけぞりつつ、透は問い返した。

「な、何がだ？」

「返事に決まってるじゃないですか。だって俺、勿体ないドサクサでしたけど、もうしちゃいましたもん、プロポーズ。加島さん、何て言ってくれるのかなって思って」

まるで忠犬が主人の命令を待つような趣で、芹沢は小首を傾げた。透は、唐突に返答を迫られ、目を白黒させる。だが、右手を握る芹沢の左手には、痛みを感じる寸前まで力が漲《みなぎ》っている。

どう考えても、返事を聞くまでは離さないという意思表示だ。

「……お前は、どうしてそう時々強引なんだ」

「だって、強引にしないと、加島さんシャイだから。こういうこと、なかなか言葉にしにくいでしょ？」

そんな的確すぎる指摘に、透は悔しそうに唸り、延々と考え込み……、とうとうポーカーフェイスはどこへやらの、照れと幸せと悔しさとやけっぱちが入り交じった奇妙な顔になった。そして、その口から出たのは、蚊の鳴くような声だった。

「……カレーより……ば……る」

「はい？」

さらに顔を近づけて聞き取ろうとする芹沢の額を、人差し指の先でぐいと押し戻し、透は叱責《しっせき》かと思うような厳しい声で言い放った。

「カレーより、お前がこうして隣にいれば、勝手に温まる……と言ったッ！」

言い終わるが早いか、透はボフッと頭から布団を被ってしまう。その光景を呆気に取られて見ていた芹沢だが、ようやく投げつけられた言葉が脳に届いたらしい。

「う……うわ……うわあああ」

その顔が、さっきの透に負けず劣らずの凄まじさで崩れていく。

「も、も、も、勿論、温めますよ！　いつでもこの俺が！　カレーと共に！」

そんな、あまりにも芹沢らしい誓いの言葉に、布団の中の透は、照れてますます丸くなったのだった……。


「ところで……訊きたいことがある」

そう透が言ったのは、そろそろ眠ろうかという頃だった。

セミダブルで大の男二人が眠るのは狭苦しいが、一晩くらいなら、互いの体温や息づかいが感じられて心地よい。

「……何ですか？」

既にまどろみかけていた芹沢は、透のサラサラした髪を撫でながら応じる。鬱陶しそうな顔をしながらも、実はまんざらでもないらしい。芹沢の手を振り払うことはせず、透は言った。

「例の謎の隠し味だが、今日のカレーにも入っていたんだろう？」

芹沢は、薄目で笑って頷いた。

「そうですよ。量はホントにちょっぴりですけどね」

「やはり、何度食べてもわからない。いったい何なんだ？　降参するから、そろそろ教えてくれ」

ずっと気になっていたらしき透のリクエストに、芹沢は、眠そうな顔のままで少し意地悪な笑みを浮かべた。

「駄目ですよ。親しき仲にも礼儀あり、恋する仲にも秘密あり、です」

「……後半はお前の捏造だ」

「いいんです。……とにかく、いきなり何もかもご披露しちゃったら、加島さんに飽きられそうだから。秘密は秘密で置いときます。種明かしは、また今度。ほら、もう寝ましょうよ」

芹沢はそう言ってやり過ごそうとしたが、透はなおも食い下がった。

「気になって、とても眠れそうにない！」

だが、芹沢はあくまでも秘密の開示を先送りにするつもりらしい。彼は笑いながら透をぐいと抱き寄せ、その目元を自分の温かな手のひらで覆ってしまった。

「おい！　何をするんだ」

尖った声を出す透の頰にキスして、芹沢は悪戯っぽく囁く。

「大丈夫。ちゃんと眠くなりますよ。こうして、俺の手で目を塞《ふさ》いでれば……ね」

「ふざけるな！　僕はカレーの秘密を……」

「しーっ。じゃあ、三分。三分こうしてても眠れないようなら、教えてあげますから」

「……絶対だぞ！　三分くらい、当然起きていられる！」

そう豪語した透が寝息を立て始めるのに、正味一分かかったかどうか。

透の目からそうっと手を外した芹沢は、手枕で横たわり、どこか幼く見える透の無防備な寝顔に見入った。

額に乱れ掛かる前髪を掻き上げ、白い額に大切そうに口づける。

「ん……」

わずかに眉を動かした透に、芹沢は想いを込めて囁いた。

「大丈夫。確かな未来なんてなくても、確かな『今』がずーっと続けば、それでいいんだって俺は思いますから。……だから、俺の隠し味の秘密は、また今度。加島さんの、きっと喋って忘れちゃったほうがいい過去も、また、いつか」

ようやく心の扉を開き、自分を迎え入れてくれた透の心が、再び閉ざされることがないように……。そんな願いを胸に、芹沢もそっと目を閉じた……。

あとがき

はじめまして、あるいはこんにちは、椹野《ふしの》道流《みちる》です。

今回は「カレー屋×研究者」という大変ニッチな組み合わせでお送りしております。

とにかくスパイスとハーブとカレーの勉強から入った今回のお仕事。書く以上は出来る限りの知識を身につけたくて、かなり頑張りました。きっちりしたバックグラウンドがあるかないかというのは、意外にハッキリ作品に出てくるような気がするので。

しかし、その副作用として、とにかくカレーが食べたくて困りました。作中、芹沢《せりざわ》が作るカレーが妙に美味しそうなのは、そういう理由です。

その欲求は私だけでなく、原稿を読んだ担当N田さんにもしっかり飛び火したようで、仕事中、二人してやたらカレーの話ばかりしていました。

ちなみに、私のおすすめのカレーの具は、大根。特に牛肉と相性がいいと思います。

残念ながら、大根に含まれる消化酵素ジアスターゼは熱に弱く、カレーに入れてしまうと効果は期待できませんが、それでもずいぶんさっぱりしたカレーになります。

あと、何度も煮返し、具が溶けて寂しくなったなーという終盤あたりで、エノキダケを投入するのも素敵。何より簡単にかさ増しできて経済的ですし、シャキシャキした歯ごたえがプラスされることで、また新たな感じでカレーを食べ続けられると思います。是非、これをお読みになった夜には、美味しいカレーをグツグツ煮込んでみてくださいませ！

今回、主人公の透《とおる》を色んな意味で助けてくれる同僚の梅枝《うめがえ》。作中でもチラッと語っていますが、どうやら同じ会社の別部署に、意中の子猫ちゃんがいるようです。透のことは、友人としては大事にしていますし、助けてやりたいとも思っていますが、彼の凄まじいまでの繊細さが、梅枝にとっては面倒くさい模様。では、いったい子猫ちゃんのほうは、どんな子なのか。そして、あの世慣れた感じの梅枝が、本命相手にはどんな風なのか……。

いつか、梅枝主体の話も書いてみたいね、と担当さんと相談中です。叶うといいな！

さて、前々作「お医者さんにガーベラ」と、前作「お花屋さんに救急箱」に出て来た二つのカップル。そんな彼らの日常がわかる「働くおにいさんブログ」が、期間限定でプランタン出版のサイト（http://www.printemps.jp）にて公開されています。ついに、甫《はじめ》と九条《くじょう》、知彦《ともひこ》と遥《はる》の四人が揃いましたので、是非お楽しみくださいませ！　平日は毎日更新です。

それから、私自身のお仕事予定やイベント参加スケジュール、短編企画などは、私が後見させて頂いているサイト「月世界大全」http://fushino-fan.net/でチェックしていただけます。ツイッターは、http://twitter.com/MichiruFで、呟いております。フォロー返しは基本的にしておりませんが、よろしければ。

では最後に、お世話になったお二方にお礼を。

イラストの草間《くさま》さかえさん。カレー屋がいい男で、ラフを見たときちょっとクラッと来ました。額と目元の一部を隠すというのは、どんな男でも三割増しかっこよくする不思議な魔法だと思います。いや、芹沢は普通でもかっこいいのですが。

そして、担当のN田さん。「週末はカレーを仕込みます!」と電話で宣言なさった声が、今までいちばん凛々《りり》しかったです。さすが……(何が)!

ではまた、短いブランクでお会いできますよう祈っております。それまでごきげんよう!

槌野 道流 九拝

Platinum Label

きみのハートに効《き》くサプリ

プラチナ文庫をお買いあげいただき、ありがとうございます。
この作品を読んでのご意見・ご感想をお待ちしております。

★ファンレターの宛先★
〒102-0072　東京都千代田区飯田橋3-3-1
プランタン出版　プラチナ文庫編集部気付
椹野道流先生係 / 草間さかえ先生係

各作品のご感想をWEBサイトにて募集しております。
プランタン出版WEBサイト http://www.printemps.jp

著者――**椹野道流**(ふしの みちる)
挿絵――**草間さかえ**(くさま さかえ)
発行――**プランタン出版**
発売――**フランス書院**
〒102-0072　東京都千代田区飯田橋3-3-1
電話(営業)03-5226-5744
　　(編集)03-5226-5742
印刷――誠宏印刷
製本――小泉製本

ISBN978-4-8296-2476-0 C0193
© MICHIRU FUSHINO,SAKAE KUSAMA Printed in Japan.
本書の無断複写・複製・転載を禁じます。
落丁・乱丁本は当社にてお取り替えいたします。
定価・発売日はカバーに表示してあります。

Platinum Label プラチナ文庫
Platinum Label

illust／黒沢 要

お医者さんにガーベラ
椹野道流
MICHIRU FUSHINO

つけこんで、
僕のすべてをあなたに捧げます

自他共に厳しい医師の甫は、やけ酒で泥酔し路上で寝込んだところを生花店店主の九条に拾われた。「あなたを慰め、甘やかす権利を僕にください」と笑顔で押し切られ、その優しい手に癒されても、己の寂しさ、弱さを認めまいとするが…。

P2462

●好評発売中！●

プラチナ文庫
Platinum Label

illust／黒沢 要

生花店店主の九条と、「お試し中」の恋人関係となった医師の甫。少しずつ心を近づけていくふたりだったが、九条のかつての片思いの相手が現れたことで、すれ違いが生じ始め…。甫の弟・遥の恋模様を描く『意地っ張りのベイカー』も収録!

P2466

●好評発売中!●

Platinum Label プラチナ文庫 Platinum Label

P2477

●好評発売中!●

Platinum Label プラチナ文庫 Platinum Label

いとう由貴
YUKI ITOH PRESENTES
愛よ、灰にかえれ
あなたの腕を恋しがる
自分自身ごと、憎み続ける
元農民のユーニスは皇帝ファハルに寵愛され、心から愛を捧げていた。だがその想いは裏切られ、ユーニスは失意のまま出奔する。やがてファハルの失墜を目論む他国の策謀を秘め帰郷し、彼と対峙するが…。
illust／小路龍流

P2467

●好評発売中！●

Platinum Label プラチナ文庫 Platinum Label

P2472

●好評発売中！●

プラチナ文庫
Platinum Label

しみず水都
愛は執淫の闇に啼き
運命という名の檻から
あなたを解放してあげたかった。
新月の日、発情する体。奇妙な体質を持つ一族の当主・秀士は、従者の透に想いを寄せていた。だが、彼が望む道を諦め、やむなく自分に仕えていること、そして「従者」とは発情した当主の体を慰める為の存在であることを知って⁉
Illustration:香坂あきほ

P2473

●好評発売中!●

プラチナ文庫
Platinum Label

Presented by
結城瑛朱
Es Youki
SIZE
たった七日間だけでいいから…
俺だけのものになって
日替わりでセフレと会う日々を送っていた大学生の理津は、偶然自分を捨てた元恋人の流星と再会した。しかし戸惑い、蘇る恋心を抑え込もうとした理津は、今後はセフレとしてなら会ってもいいと言ってしまうが……。
Illustration:汞りょう

P2474

●好評発売中！●